동국대학교 일본학연구소 번역총서

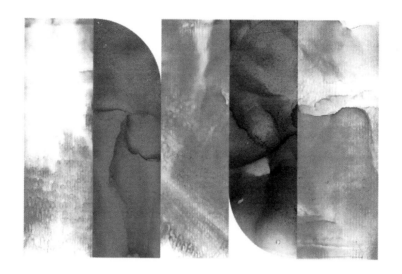

배반당한 협상

김중명 저 / 이영호 역

보고사
BOGOSA

차례

1장

습격

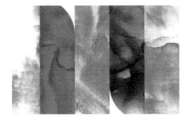

1

1948년 4월 2일

일제의 지배에서 조국이 해방되고 2년 7개월이 지나고 있다. 하지만 조선반도 남반부를 점령한 미국과 북반부를 점령한 소련의 미소공동위원회는 결렬되었다. 남반부에서는 5월 10일로 예정된 단독선거를 두고 좌우 대립이 격화되며 혼란스러운 정국이 계속되고 있다.

조선반도 남쪽에 제주도라는 커다란 섬이 있다.

조선 최대의 섬이다.

제주도는 한라산에 의해 형성된 화산섬으로 중앙에 조선 최고봉 한라산이 우뚝 솟아있고 오름이라 불리는 수많은 기생화산이 주위를 둘러싸고 있다.

아득한 고대, 이곳은 탐라(耽羅)라는 이름의 독립왕국이었다.

주변 여러 나라의 옛 기록에는 바다민족 탐라인의 엄청난 활약의 흔적이 남아있다. 하지만 이후 고려, 조선에게 지배당했다. 특히 조선왕조 시기 해금정책으로 바다민족의 전통은 사라졌다.

먼 외양까지 나섰던 탐라선의 용기를 가진 자가 지금은 없다.

땅은 말랐고 도민 다수가 해안마을에 살며 반농반어(半農半漁) 생활을 하고 있다.

해안과 떨어진 한라산 자락에 중산간지대라 불리는 넓은 초원이 펼쳐져 있다.

일찍이 고려를 정복한 몽골은 말의 방목지로 사용하기 위해 이 초원지대로 눈을 돌려 제주도를 직할지로 삼았다. 그 결과 제주도에는 몽골의 풍속이 강하게 남아있다.

제주도 제1취락은 섬의 북쪽 끝에 있고 육지 -제주도 사람들은 반도를 '육지'라고 부름- 와의 현관문인 제주읍이다. 두 번째 마을은 섬 남단에 위치한 서귀포이다. 제주도는 동서로 긴 타원형이고 한라산을 관통하는 도로가 있다. 제주읍과 서귀포를 이어주는 최단경로지만 아쉽게도 차량이 통과할 수 있는 도로는 정비되지 않았다. 때문에 해안선을 크게 도는 일주도로가 제주도의 주요 교통로였다.

그 일주도로를 제주읍에서 서쪽으로 한 대의 군용트럭이 달리고 있었다. 스리쿼터라 불리는 적재량 3/4톤의 미군이 팔아넘긴 차량이다. 타고 있는 것은 김익렬(金益烈) 연대장 일행이었다.

김익렬은 1921년 출생, 적당한 키에 다소 살이 찐 튼실한 체형의 청년이었다. 고작 28세의 젊은 나이에 제9연대장에 임명되고 중령으로 승진했기에 이례적 출세라 생각할지도 모른다. 하지만 군 자체가 출범한지 고작 2년여밖에 되지 않았기에 매우 드문 경우는 아니었다.

고베상업학교(神戶商業學校)를 수료하고 학도병으로 후쿠치야마(福知山) 육군예비사관학교를 졸업해 일본군 소위로 해방을 맞이했다. 해방 후 귀국해 군사영어학교에 입학, 몇 달간 속성교육을 받고 1948년 1월에 수료 후 소위로 임관했다. 다음 해 9월 소령으로 승진해 제주도에 주둔 제9연대 부연대장으로 부임했으며 올해 (1948년) 2월 중령으로 진급해 연대장으로 임명되었다.

김익렬은 상관인 백선엽(白善燁) 대령과 제주도 군정장관인 제9연대 군사고문 맨스필드 대령과의 면담을 위해 제주읍을 방문한 뒤 주둔지 모슬포(摹瑟浦)로 돌아오고 있었다.

스리쿼터에는 연대 부관 심흥창(沈興昌) 대위와 병사 다섯 명, 민간인 두 명이 타고 있었다.

제주도는 삼다도(三多島)라는 별명으로 불리고 있다.

바람과 돌과 여자가 많다는 뜻이다.

화산섬이기에 돌이 많은 것은 말할 필요도 없다. 동쪽과 서쪽 어느 쪽을 향해도 검은 현무암이 보인다.

토지를 일구려 해도 땅속에서 돌멩이가 우르르 나온다. 제주도의 집과 밭은 대개 돌담으로 둘러싸여 있는데 대부분 토지를 개간할 때 방해물이었던 돌로 덮여 있다.

실제로 여자가 많은지 확실하지 않지만, 여자가 눈에 띄는 것은 사실이었다. 가난 때문에 돈을 벌기 위해 남자 대부분이 섬 밖으로 나간 사정 때문인지도 모른다.

그리고 바람이다. 큰 바다를 휘몰아친 강풍이 섬을 강타하기 때문이다.

하지만 4월 들어 겨우내 불어 닥친 거친 강풍도 잠잠해지고 화창한 봄날이 이어지고 있었다.

"연대장님, 한 시 방향에 꿩이 있습니다."

동승한 병사, 강헌창(康憲昌) 일병이었다.

제주인은 순박하지만 꽤 배타적인 부분이 있다. 외부 사람에게는 좀처럼 마음을 털어놓지 않는다.

또한 외부 사람들은 그들이 말하는 제주말도 이해하기 힘들었다. 젊은 사람들은 서울말을 할 수 있었지만, 친구끼리 제주말을 하면 무슨 이야기를 하는지 거의 알아듣지 못한다. 노인이 제주말을 하면 아예 속수무책이다.

역사적 배경 때문인지 관리나 군인이 되어 출세하고자 하는 청년이 많지 않았다. 그 때문에 제주도에 주둔 중임에도 제주도 출신 병사는 그리 많지 않았다.

그중에서도 강헌창 일병 같은 제주도 출신 병사는 귀한 존재였다. 이번 제주읍 방문은 지리에 훤한 제주도 출신 병사를 동반했다.

도로 오른쪽 바다 돌담 위에 꿩이 앉아있는 것을 확인한 익렬이 핸들을 쥔 홍하철(洪夏哲) 일병에게 명령했다.

"도로 옆에 세워라."

꿩을 보며 하철이 대답했다.

"거리가 꽤 있습니다만…"

"상관없다."

말하면서 익렬은 99식 소총을 손에 들었다.

옛 일본군이 버린 총이다.

미군은 전쟁 중에 점령 이후를 고려해 일본을 다방면으로 연구했지만, 조선에 대해서는 거의 모르는 상태로 종전을 맞이했다. 때문에 미군정은 처음에는 조선총독부의 일본인 관료의 조언을 들었다. 일본인 관료가 떠난 후에는 영어에 능통한 조선인을 중용했다. 당시 영어에 능통한 조선인은 조선 사회의 엘리트였으며 일제강점기에 일본에 협력했던 이른바 친일파가 대부분이었다.

미군정이 절대적으로 신뢰한 것이 조병옥(趙炳玉)이었다. 미국의 컬럼비아대학교에서 정치경제학을 전공한 조병옥은 영어가 유창했고 미군정청의 경무부장으로 군림하고 있었다.

미군정청 장관 딘 장군은 조병옥을 닥터 조라 부르며 총애했다. 그리고 닥터 조가 인솔하는 경찰을 중요히 여겼다.

반대로 독립 후 국군의 모태가 될 경비대는 당장 아무 도움도 안 되는 존재였고 밥만 축내는 성가신 취급을 받았다.

경찰은 전원 미국제 카빈총으로 무장했으며 옛 일본군의 92식 중기관총까지 있었다. 하지만 경비대에게 지급된 무기는 옛 일본군의 99식 소총과 대검뿐이었고 총알은 한 발도 지급되지 않았다.

더욱이 경찰은 미군의 운송장비나 최신 무전기 같은 통신장비를 갖추었지만 제9연대의 운송장비는 1.5톤 차 한 대, 스리쿼터 한 대, 지프 한 대뿐이었다. 그 세 대의 차량도 노후화와 부품 부족으로 수리에만 일주일이 걸렸고, 겨우 움직인다 해도 2, 3일 만에 고장 나는 상황이었다.

통신장비와 무전기도 없었고 군내 행정용으로 몇 대의 구형 전화만 있을 뿐이었다. 즉, 명령은 전근대적으로 장교의 전령으로 전달되었다. 일반 행정문서는 민간우편과 전보로 전달되었다.

그렇지만 제주도의 상황은 무척이나 평온했고 익렬의 부임 이후에도 별다른 사건은 없었다. 무장이나 운송, 통신장비는 부족했지만 특별한 불편은 느껴지지 않았다.

익렬은 총알을 탄창에 쑤셔 넣었다.

99식 소총의 탄창에는 다섯 발의 총알이 들어간다. 이 총알은 옛 일본군이 바다에 버리고 간 것을 해녀들이 가져다준 것이었다.

몇 개월이나 바닷물에 방치되었지만, 지금까지 사용에는 문제가 없었다.

총미(銃尾)의 안전장치를 비틀어 볼트를 잡아당긴 후 총알을 총신(銃身)에 장전한다.

스리쿼터가 완전하게 정지하는 것을 기다린 뒤 총을 준비한다.

꿩까지의 거리는 약 200미터.

꽤 거리가 있었지만 자신 있었다.

바다에서 강한 바람이 불고 있었다.

숨을 멈춘 뒤 살짝 방아쇠를 당겼다.

굉음과 함께 꿩이 돌담에서 떨어졌다.

병사들이 환성을 질렀다.

헌창이 스리쿼터에서 뛰어내려 덤불을 헤치며 꿩 쪽으로 달려갔다. 기다릴 것도 없이 통통하게 살찐 꿩을 들고 돌아왔다. 병사들이 박수로 헌창을 맞이했다.

99식 소총에 안전장치를 걸고 옆에 둔 익렬은 헌창의 승차를 기다렸다가 하철에게 차를 움직일 것을 명했다.

바다에서 불어온 바람은 세찼지만, 봄날은 따스했고 일행은 소풍이라도 온 것처럼 들떠있었다.

근무시간에는 엄격히 훈련했지만, 그 외 시간은 가족처럼 보내는 것이 익렬의 연대 운영방침이었다.

지금까지도 토요일 오후부터 일요일까지 서귀포 쪽으로 해수욕을 가거나 꿩 사냥을 즐기곤 했다.

조금 더 가 이번에는 도로의 왼쪽, 중산간지대의 무덤 돌담에 꿩이 앉아있는 것을 운전병 홍하철이 발견했다.

익렬이 99식 소총을 잡으려 하자 부연대장 심흥창이 입을 열었다.

"이번에는 꼭 저를 시켜주십시오."

웃으며 고개를 끄덕인 익렬은 흥창에게 총을 건넸다.

자신의 사격 솜씨가 연대 최고라 자부했지만 흥창의 사격 솜씨 역시 아주 뛰어났다.

당시 조선경비대 총사령관은 송호성(宋虎聲) 장군이었다.

조선독립군인 광복군 훈련처장을 거쳐 광복군 지대장이 된 인물이며 독립운동가로 민중의 절대적 인기를 얻었던 김구의 측근이기도 했다.

그 경험은 말할 나위도 없고 역전의 독립운동가다운 풍모와 위엄이 있었지만, 정식 군사교육을 받은 경험이 없어서인지 군사적 지식이나 일반교양은 다소 결여된 면이 있었다.

그리고 그 이상으로 인격적 문제가 있었다.

예를 들어 마음에 들지 않는 일이 생기면 "너는 제주도로 좌천시킨다"고 명령해 그 즉시 제9연대로 전속시키는 일이 반복된 것이다. 심흥창 대위도 그 희생자였다.

그리고 익렬이 제9연대로 오게 된 경위도 태릉의 육군사관학교에서 장교교육을 받던 당시 명동거리를 산책하고 있었는데 그때 송호성 장군 부인에게 경례하지 않은 '사건' 이후 비난을 받았다는 것이다.

조선왕조 시대에 제주도는 유배의 땅이었다. 예를 들어 조선왕조

제15대 왕 광해군도 정쟁(政爭)에서 패한 뒤 제주도로 흘러와 죽음을 맞이했다. 경비대 내부에서도 제주도는 누구도 가고 싶지 않은 부임지였다. 심지어 미군 장교마저 제주도로 가는 것을 꺼렸다.

이런 사정으로 제주도에 부임한 익렬이었지만 군인은 명령에 따르는 존재라 생각했기에 특별한 불만을 갖지 않았다. 또한 좌우 대립 등 정치적으로 긴장된 육지의 부임지보다 느긋한 제주도가 자신에게 잘 맞는다 생각했다.

총을 집어 든 홍창은 안전장치를 풀고 볼트를 조작했다.

텅 빈 탄피가 올라오고 새 총알이 장전됐다.

꿩 쪽을 바라보며 홍창이 하철에게 말했다.

"조용히 차를 몰아줘. 저 나무 근처까지. 최대한 조용히."

홍창이 가리키고 있는 것은 꿩과 도로를 연결하는 선이 도로와 직교하는 지점이었다. 무리하지 않는 선에서 접근할 모양이다.

"알겠습니다."

하철 역시 꿩 쪽을 주시하며 대답했다.

스리쿼터는 천천히 전진했고 홍창이 말한 지점에 정지했다.

꿩은 느긋하게 낮잠을 자는지 움직이지 않았다.

홍창이 총을 준비했다.

차 안은 쥐 죽은 듯 고요했다.

바람 소리만이 귓가를 지나갔다.

'빵' 하는 총성과 함께 꿩의 모습이 사라졌다.

돌담 너머로 떨어진 것 같았다.

이번에는 양길호(梁吉浩)가 적재함에서 내려 덤불 속으로 뛰어갔다.

돌담 너머로 모습을 감추었던 길호가 오른손에 꿩을 높이 들고 나타났다.

환성이 터져 나왔다.

"훌륭해."

흥창의 어깨를 두드리며 익렬이 말했다.

"아닙니다, 연대장님만큼은 아닙니다."

길호가 차에 올라타는 것을 기다린 뒤 스리쿼터는 다시 해안가를 따라 길을 나섰다.

잠시 후 마을이 보이기 시작했다.

서행하며 사람들이 사는 집 사이를 지나갔다.

마을의 중심, 작은 식당 앞에 많은 사람이 모여 있었다.

몇몇 젊은 남자들이 길가에 넓게 퍼져 떠들고 있었다.

얼굴이 빨갛다.

아직 해는 저물지 않았지만 이미 만취한 듯했다.

가까이 가니 강한 평안도 사투리 욕설이 들려왔다.

"서청 놈들이다."

헌창이 내뱉듯 말했다. 서청이란 서북청년단을 말하는 것이다.

제주도가 육지에 비해 평온한 것은 사실이지만 표면적으로 그렇게 보일 뿐이었다.

제주도민 사이에 언제 폭발할지 모르는 분노가 쌓여있는 것을 익렬은 통감했다.

애초에 미군정이 일제강점기 시절 일본에 협력했던 관료나 경관을 그대로 채용한 것이 문제였다.

일본의 권위를 등에 업고 민중을 괴롭히던 관리나 경관이 해방된 조국에서 똑같이 으스대는 모습을 보고 민중들은 격분했다. 독립운동가에게 사람의 짓이라 생각지도 못할 고문을 가했던 경관이 활개치며 활보하는 것이다.

그들 같은 친일 경관들은 해방 직후에는 민중의 보복이 두려워 모습을 감추었지만, 어느새 미군정청의 경찰관으로 등장해 반공을 입에 올리며 애국자처럼 행동하기 시작했다.

경찰과 민중의 대립이 깊어진 가운데 작년 3월 1일, 사건이 발생했다.

이날은 3·1절 28주년 기념 제주도 대회가 개최되었다. 이후 진행된 평화시위에서 육지에서 파견한 응원경찰대가 돌연 발포해 무고한 도민 여섯 명이 살해됐다.

살해된 사람은 시위 참가자가 아닌 구경 중인 군중이었다.

희생자 중에는 15살 장애인과 젖먹이 아이를 안고 있던 21살 여성도 포함됐다.

그러나 경찰은 진상을 감추고 시위대가 경찰을 습격하려 해 방어 차원에서 어쩔 수 없이 발포했다고 발표했다.

경찰의 발표가 새빨간 거짓말이란 사실은 제주도민에게는 불 보듯 뻔한 일이었다. 살해 현장에는 수많은 목격자가 있었다.

미군정 당국의 강경한 태도에 제주도민은 섬 전체의 총파업으로 대항했다. 민간인은 물론 공무원과 제주도 출신 경찰관까지 참여했다. 전대미문의 총파업이었다.

그러나 미군정 당국은 무자비한 탄압으로 대답했다.

육지에서 엄청난 수의 응원경찰대가 파견되어 총파업에 참여한 도민을 무차별하게 체포해 연행했다. 취조는 구타로 시작됐다. 일제강점기와 똑같은 가혹한 고문이 가해진 것이다.

이때 응원경찰대와 동시에 제주도로 파견된 것이 제주도민이 '서청'이라 부르는 서북청년단이었다.

본래 서북청년단은 공산당의 박해를 피해 삼팔선을 넘어온 지주층 출신 청년들의 단체였다.

결성은 1946년 11월 30일, 평남청년회(평안남도), 함북청년회(함경북도), 함남대한혁명청년회(함경남도), 황해청년회(황해도) 등 청년단체가 통합돼 만들어진 단체이다.

강령에 '조선의 국제문제를 방해하는 음모자를 제거한다'라고 되어있듯 좌익과의 전면 대결이 목적인 단체였다. 결성 직후부터 좌익단체의 사무실을 습격하고 좌익으로 지목받은 사람을 테러했다.

서북청년단은 미군정 유력자의 지원을 받고 있었다. 특히 조병옥 경무부장은 이 서북청년단을 중용했다.

그리고 3·1 발포 사건에 항의해 민관 총파업 중인 제주도에 엄청난 수의 서청단원을 보낸 것이다.

서청은 경찰 보조로 파견되었지만, 급여는 지급되지 않았다. 체류비나 식비 등 모든 것을 현지에서 조달해야 했다.

처음 도민들은 고향을 잃은 그들의 처지를 동정해 따뜻한 동포애로 맞이했다.

그러나 서청단원의 행태는 도민의 온정을 배반했다.

각지의 경찰서에 온종일 죽치고 있었고 술에 취해 젊은 여자를 찾아다니는 작태로 도민과의 분쟁이 급증했다. 도민이 서청단원의 횡포를 경찰에게 호소해도 경찰은 서청단원을 감쌌고 오히려 도민에게 심한 위협을 가했다. 도민들은 울며 겨자 먹기로 참고 넘어갈 수밖에 없었다. 게다가 아무 죄 없는 도민을 트집 잡아 연행해 고문하고 가족에게 몸값을 요구하는 등 매우 악랄한 짓을 한다는 것을 익렬도 들은 적이 있었다.

그리고 현금수입이 없는 서청이 도민의 밀수품을 약탈했기 때문에 문제는 더욱 악화됐다.

일제강점기 시절, 일본 정부는 값싼 노동력을 위해 제주·오사카 정기 항로를 개설했다. 그 결과 오만 명에 달하는 노동력이 일본의 공장이나 탄광으로 갔다. 그들은 비참한 노동환경, 놀랍도록 낮은 수준의 임금을 받으며 노동을 강요당했다. 그런데도 임금을 저축하고 절약해 고향에 송금하거나 생활필수품을 제주에 보냈다.

하지만 해방 이후 남조선과 일본을 군정하에 둔 맥아더 사령부는 남조선과 일본의 교역을 억제하고 귀국하는 조선인의 소지 금품을 철저히 제한했다. 제주도의 생활을 지탱했던 대일교역이 아무 대책 없이 하루아침에 붕괴된 것이다. 이후 일본과의 교역은 불법이 되었다.

그러나 미군정 하 3년 동안 제주항에서의 단속이 엄격하지는 않았다. 세관검사도 형식적이었고 각종 선박이 자유롭게 드나들며 상품거래가 이루어졌다.

여기에 제주도민 특유의 협력과 단결심이 크게 작용했다. 도민들이 운영하는 소형 선박은 일본을 왕복하며 많은 생활필수품을 제주도로 가져왔다.

오히려 육지의 상인들이 교역품을 노려 대거 제주도로 올 정도였다.

그러나 세관도 아닌 서청이 이에 눈독을 들였다. 명목은 밀수품

몰수였지만 실태는 법적 근거도 없는 사적 약탈이었다. 경찰은 이를 묵인했고 심지어 물건을 가로채 개인 재산 축적에 힘썼다.

약 두 달 전, 익렬은 부대에 드나드는 상인이나 지식인들로부터 서청의 횡포를 제주도 군정장관 맨스필드에게 전해주면 좋겠다는 부탁을 받은 적이 있었다.

맨스필드는 제9연대의 군사고문을 겸하고 있었고 익렬 역시 부산의 제5연대에서 근무했던 소위 시절부터 교류했기에 개인적 친분이 있었다.

때문에 익렬은 일부러 맨스필드를 방문해 제9연대가 수습한 섬의 민생 상황을 보고했다.

맨스필드는 이러한 상황을 거의 알지 못했는지 익렬의 보고에 고마워하며 훗날 선처를 약속했다. 또한, 익렬에게 상황을 잘 아는 제주도민을 소개해달라 했다.

며칠 후 익렬은 그 일을 제주도 출신 지인에게 전해 동행을 요구했지만, 후환이 두려워 누구도 응하지 않았다.

그로부터 며칠 후 익렬은 맨스필드에게 불려가 질책을 받았다.

맨스필드가 경찰감찰청장 김영배(金英培)를 불러 이야기를 들어보니 익렬의 보고 전부를 부정하며 경찰과 경비대를 이간질하기 위한 악의에 가득 찬 중상모략이라 답한 것이다.

맨스필드가 제주도의 유력자 몇 명을 불러 다시 말해봤지만 그들 역시 사실무근이라 했다고 한다.

결국 이 문제에 관여하지 말고 연대 훈련에 집중하라는 명령을 받고 복귀한 것이다.

며칠 후 제주경찰서장 문용채(文龍彩)가 익렬을 방문해 맨스필드에게 한 익렬의 보고는 경찰을 향한 내정간섭이며 앞으로 관여하지 말 것을 요구했다.

다만 문용채 역시 서청과 경찰의 잘못된 행동을 모두 부인할 수는 없었다. 정치문제를 말하며 자신 역시 보신(保身)을 위해 묵인하고 있으며 익렬 역시 자중하는 편이 자신을 지키는 방법이라 충고했다.

미군정 부대는 아주 소수만 제주읍 제주중학교에 주둔하고 있었으며 도정(道政) 대부분은 민간 도지사나 경찰에 의존하고 있었다. 한 달에 한 번이나 두 번, 군정관들은 민정감독을 위해 면, 지서 소재지를 방문했다. 하루에 제주도 일주(一周) 480리를 순찰해서 끝나는 지극히 간단한 민정감독이었다. 때문에 제주읍 외의 상세한 정보를 접할 수 없었다.

익렬이 서청이나 경찰의 횡포를 호소해도 제주도 출신 유력자 누구 하나 동조하지 않았다. 결국 익렬 한 사람의 헛수고가 되었고 이후 익렬은 부대 안에 틀어박혔다.

대낮부터 술에 취해 떠드는 서청단원을 보는 것은 화가 났지만 이런 곳에서 분쟁에 휘말리면 우리만 손해였다. 익렬은 그들을 무시하고 지나갈 것을 명령했다.

꿩을 사냥해 즐겁게 돌아오고 있었는데 차 안의 분위기가 어두워졌다. 활기 없는 대화와 함께 해안도로를 지나갔다.

해가 질 무렵에 문제가 발생했다. 스리쿼터의 헤드라이트가 켜지지 않았다.

제주도의 일주도로에는 가로등이 없다. 해가 지면 달과 별에만 의지해야 한다. 오늘은 음력으로 2월 23일이다. 월출은 한밤중인 두 시경이다. 즉, 밤이 되면 코를 꼬집어도 모를 어둠에 휩싸이는 것이다. 헤드라이트 없이 달리는 것이 가능할 리 없다.

헤드라이트를 점검하던 헌창이 얼굴을 들어 고개를 저었다.

"아무래도 전구가 나간 것 같아 교환해야 하는데 여분이 없어 방법이 없습니다."

익렬은 서쪽 하늘을 보았다.

슬슬 해가 진다. 모슬포까지 돌아가는 것은 무리다.

헌창이 길호의 어깨를 쿡쿡 찔렀다.

"한림여관을 네 삼춘이 운영하고 있던가?"

원래 '촌(寸)'은 촌수를 나타내며 삼촌은 세 촌수, 즉 아버지나 어머니의 형제자매를 의미하지만, 현재는 보통 부모의 남자 형제를 의미한다.

제주도 사람들은 삼촌이 아닌 삼춘으로 발음한다. 그리고 제주도 사람들이 말하는 삼춘은 삼촌보다 의미가 넓다. 남녀를 불문하고 먼 친척을 삼춘이라 부르고 혈연관계가 아니더라도 연상의 지인들을 삼춘이라 부를 때도 있다.

이 근처 제주도민의 독특한 동료의식이 반영된 듯하다.

제주말로 친척을 괸당이라 하지만 서울말의 친척과는 뉘앙스가 아주 다르다. 서울말의 친척은 혈연관계를 의미하지만 괸당은 혈연관계를 뛰어넘는 훨씬 넓은 인간관계를 표현한다.

이러한 괸당이나 삼춘 같은 말이 제주도 사람들의 혈연관계를 뛰어넘는 강한 횡적 관계를 상징한다 말할 수 있을 것이다.

고개를 한 번 끄덕인 뒤 길호가 익렬에게 말했다.

"연대장님, 친척이 여관을 하는데 거기서 하룻밤 묵으면 어떻겠습니까?"

"안성맞춤이군. 장소가 어딘가?"

"한림입니다."

"가까운가?"

"엎어지면 코 닿을 거리입니다."

"좋아, 안내하게."

길호가 코앞이라 했듯이 오 분 정도 달리자 마을 불빛이 보이기 시작했다.

한림읍은 제주도 서쪽 끝에 위치하며 제주읍과 제9연대가 주둔한 모슬포의 중간지점에 있다.

길호의 친척답게 한림여관은 익렬 일행을 가족처럼 맞이해주었다.

우선 우체국에 병사를 보내 전보로 부대에 연대장 일행이 한림에서 일박해야 하는 취지를 전한 뒤 한림여관에 짐을 풀었다.

저녁은 두말할 것도 없이 꿩 요리다.

배가 부르자 낮의 피로가 몰려와 잠이 왔다. 익렬 일행은 일층의 한 방에서 일찍 잠이 들었다.

이 층에는 경찰관들을 순회 위문하기 위해 서울에서 온 총경이 이끄는 스무 명 정도의 위문단이 묵고 있었다.

2

귀청이 떨어질 것 같은 폭발음과 함께 익렬이 벌떡 일어났다.

여기저기서 콩을 튀기는 것 같은 총성과 의미를 알 수 없는 함성이 들려왔다.

무슨 일인지 몰랐지만, 상황이 심상치 않은 것은 분명했다.

심홍창이 다가와 귓가에 속삭였다.

"조용히. 아까 폭탄을 이쪽으로 던졌는데 창문에 튕겨 밖에서 폭발했습니다. 구사일생이었지만 아직 창문 밖에 폭도가 있을 겁니다."

고개를 끄덕인 익렬은 군화를 신고 99식 소총과 32구경 권총에 총알을 장전해 침입자가 오면 바로 공격할 수 있도록 자세를 갖추었다.

아직 아침은 오지 않았다. 달빛이 쏟아지는 것을 보니 3시는 지난 것 같다.

창문이 깨져있었다. 또다시 폭탄을 투척하면 전원 사망이다. 익렬은 권총을 홍창에게 맡기고 99식 소총을 들고 일어섰다. 옅은 어둠 속, 모두에게 집합하라는 신호를 보낸다.

총을 준비해 방을 나섰다.

아무도 없었다.

현관에서 밖의 상황을 살폈다.

적의 그림자는 없었다.

익렬은 현관을 뛰쳐나갔다.

단번에 해안가 쪽으로 달렸다.

등 뒤에서 폭발음이 덮쳤다. 익렬은 뒤돌아보았다. 정확히 익렬 일행이 자고 있던 방의 창문에서 연기가 뿜어져 나오고 있었다. 두 번째 폭탄을 던진 것이다. 탈출이 조금만 늦었다면 모두 목숨을 잃었을 것이다.

해변으로 달려가 커다란 바위 뒤로 돌아갔다.

모두 바위 그늘 뒤에 숨었다.

흥창을 바위 좌측에 배치하고 익렬은 우측을 지켰다. 남은 인원들은 가운데에 몸을 숨겼다. 총은 두 자루뿐이었지만 총알은 충분했다.

바다를 뒤에 두고 커다란 바위를 방어벽으로 삼아 방어태세를 취했다. 이제 뒤에서 공격당할 걱정은 없다. 정면의 폭도만 상대하면 된다.

거대한 바위 앞의 전망은 좋았고 몸을 숨길만한 엄폐물은 없었다. 폭도들이 익렬 일행을 발견하더라도 공격은 쉽지 않을 것이다.

유리한 지점을 확보했기에 폭도들이 공격하더라도 20명이나 30명쯤은 사살할 자신이 있었다.

그러나 이쪽에서 먼저 쏠 생각은 없었다. 총격으로 자신들의 존재가 폭도에게 알려질 것이 두려웠기 때문이었다.

헌창 일행은 긴장한 표정이었고 몸이 굳어있었다. 그도 그럴 것이 군인이라 하더라도 전쟁 경험도 없었고 총도 없었다.

익렬은 일부러 미소를 보였다.

모두를 안심시킬 필요가 있었다.

"놈들이 공격하면 여기서 저격할 것이다. 안심해라. 총알은 충분하다.”

　한 명 한 명의 얼굴을 확인한 뒤 덧붙였다.

　“적은 꿩보다 크다. 빗나가지 않을 것이다.”

　희미한 웃음소리가 들렸다.

　바다 쪽으로 눈길을 돌렸다.

　왼쪽 방향, 옅은 어둠에 비양도가 떠 있었다.

　바위에서 얼굴을 내밀어 마을 상태를 확인했다. 폭도의 정체는 알 수 없었다. 무리지어 마을을 뛰어다니며 총을 난사하고 있었다.

　이상하게도 그들은 카빈총을 가지고 있었다. 카빈총은 미군과 경찰만 보유했을 터이다.

　한라산 산마루에 커다랗게 이지러진 달이 걸려있었다. 아침까지 아직 두세 시간 정도 남아 있는 듯했다.

　다행히 폭도들은 해안 쪽으로 접근하려 하지 않았다. 익렬 일행이 바위 그늘에 숨어있는 것도 눈치채지 못한 것 같았다.

　얼마 후 남자들의 모습이 보이지 않았다.

　총성도 멀어져 갔다.

　아무래도 습격이 일단락된 것 같다고 안심한 순간, 사이렌 소리가 울려 퍼졌다.

　익렬은 한림에 정통한 양길호에게 물었다.

　“사이렌이 있는 것은 경찰지서뿐인가?”

　“그럴 겁니다.”

　지서에는 아직 경찰관이 있는 것 같았다.

　날이 밝은 뒤 바위 그늘에 고립된 것이 발견되면 방법이 없었다.

　지서 상황은 확실히 알 수 없었지만 여기 있는 사람들은 지서로 이동해 남은 경찰과 합류하는 편이 괜찮아 보였다. 지서에는 무기도 있을 것이다.

다시 길호에게 물었다.

"지서는 멀리 있나?"

"조금 더 가서 건너편입니다. 평상시라면 오 분밖에 걸리지 않습니다."

모두의 얼굴을 본 뒤 익렬은 조용히 말했다.

"지금부터 지서로 간다. 이곳은 총이 두 자루밖에 없다. 폭도들이 보이면 일단 몸을 숨겨라…. 길호, 안내해라."

바위에서 얼굴을 내밀어 주위를 확인한 뒤 길호가 뛰어갔다.

99식 소총을 준비한 뒤 익렬이 따라갔다.

다섯 명의 병사와 두 명의 민간인이 함께 있었고 후미에는 권총을 쥔 심흥창이 있었다.

건물 그림자에 몸을 숨긴 채 신중히 전진했다. 폭도들은 물러갔고 거리는 쥐 죽은 듯 조용했다.

평소라면 오 분도 안 걸리는 거리를 가는데 몇십 분이나 걸렸다.

지서의 건물이 보이기 시작했다.

다가가려 하자 총을 쏘아댔다.

서둘러 몸을 숨겼다.

상대방을 확인하지 않고 움직이는 모든 대상에 총을 쏘는 것 같았다. 한동안 총성이 계속됐다. 공포에 휩싸여 무턱대고 난사하고 있다고 밖에는 생각되지 않았다.

총성이 멈추길 기다렸다가 익렬은 큰소리로 외쳤다.

"우리는 제9연대다. 폭도가 아니다."

대답은 없었다. 다시 한번 외쳤다.

"폭도가 아니다. 쏘지 마라."

잠시 후 마침내 대답이 왔다.

"전령을 보내라."

헌창에게 명령했다.

"가서 제9연대 소속이라 전하고 와. 양손을 들고 천천히 가."

헌창이 일어섰다. 익렬은 무슨 일이 생기면 위협사격을 할 생각으로 99식 소총을 쥐었다.

표정이 굳어진 헌창이 건물 그림자에서 나와 걷기 시작했다. 지서에서 나온 회중전등의 빛이 헌창을 비추었다.

안에 들어갔던 헌창이 나와 손을 크게 흔들어 신호를 보냈다. 신호를 받은 익렬 일행이 일어섰다.

지서 안은 아수라장이었다.

창문은 깨지고 문도 부서져 있었다. 책상은 쓰러져 있었고 의자는 여기저기 어질러져 있었다. 서류도 어지러이 흩어져 있었다.

방구석에는 피투성이 남자가 누워있었다. 응급조치는 했지만, 붕대가 피로 새빨갛게 물들어있었다.

카빈총을 손에 들고 방심한 채 우두커니 서 있는 남자에게 말을 걸었다.

"지서 주임은 어디 있나?"

답은 없었다. 남자의 얼빠진 눈이 익렬을 향할 뿐이었다.

안쪽에서 약간 뚱뚱한 중년 남성이 모습을 드러냈다. 경시(警視) 견장을 차고 있었다. 이 남자가 지서 주임인 듯했다.

익렬은 남자 앞으로 나와 경례를 했다.

"제9연대장 김익렬입니다."

남자도 경례했다.

"지서 주임 허영석(許英石)입니다."

영석은 넘어진 의자 두 개를 세운 뒤 하나를 익렬에게 권했다. 의자에 앉은 익렬은 제주읍에서 돌아오다 헤드라이트가 고장 나 한림여관에 묵던 중 습격당한 사정을 간단히 설명했다.

고개를 한 번 끄덕인 영석이 입을 열었다.

"총성을 듣고 바로 뛰어갔지만 제가 지서에 왔을 때는 이미 놈들이 철수한 후였습니다."

습격 당시 지서 주임이 어디에 있었는지 모르지만, 총성을 듣고 바로 왔는데 폭도들의 철수 이후라는 것은 이상했다. 익렬은 총성을 듣고 겁이 나 숨었다가 소동이 수습된 뒤에야 모습을 보인 것이 아닐까 생각했지만, 입 밖으로 내지는 않았다.

"습격한 놈들의 정체를 아십니까?"

"빨갱이 놈들 짓이 분명하지 않습니까? 미군정을 부수기 위해 공산주의자들이 봉기한 거죠."

이 설명에도 익렬은 고개를 갸웃했다.

빨갱이는 일제가 사용하던 '아카(アカ)'라는 말을 그대로 조선어로 번역한 것이다.

원래 공산주의자를 멸칭(蔑稱)하는 용어였지만 어느새 일제를 적대하는 사람 모두를 일컫는 호칭이 되어있었다. 공산주의자뿐 아니라 무정부주의자나 조선 독립을 호소하는 민족주의자 역시 빨갱이라 불리며 탄압당했다. 따라서 본래 조선인에게 빨갱이는 나쁜 뜻은 아니었다.

그러나 미군정이 적극적으로 등용한 친일 경관들이 이 말을 일제강점기와 똑같이 사용한 결과 사회를 적대시하는 인사의 멸칭으로 정착했다.

1945년 8월, 일본의 패전이 불가피하다고 생각한 조선의 독립운동가들은 남몰래 건국 준비위원회를 조직해 해방 직후인 9월 6일, 서울경기여자고등학교 강당에서 전국인민대표자회담을 열어 조선인민공화국의 창립을 선언했다.

이 조선인민공화국을 지탱했던 것은 각 지방 민중이 자주적으로 결성한 지방조직이었다. 이들 조직은 중앙통제를 받는 일률적 조직이 아니었으며 명칭도 건준(建準)[1], 인민위원회, 자치위원회 등 다양했다.

지방 지도자를 뽑기 위한 선거가 열리지는 않았다. 민중의 신망을 받은 인물들이 자연스레 추대되었다. 독립 의지와 저항의 자세를 관철한 인물이 새로운 지도자에 걸맞다는 암묵적 합의가 담겨 있었다.

선택받은 지방 지도자의 정치적 지향은 우파 민족주의자부터 좌파 공산주의자까지 매우 다양했다. 다만 우파 민족주의자 대부분이 '태평양전쟁' 말기에는 대일 협력자로 전향했기에 좌파에 친근감이 있는 사람이 다수를 차지했다.

지방인민위원회가 가장 먼저 힘쓴 것은 치안유지였다. 일본이 패전했어도 조선반도에 있던 일본인 대부분이 큰 혼란과 보복 없

---

1 조선건국준비위원회(8·15 광복 이후 최초로 여운형을 중심으로 하여 조직한 정치 단체)를 줄여 이르는 말.

이 일본으로 돌아갈 수 있던 것도 각 지방인민위원회의 활동 덕분이었다.

그러나 남조선에 진주한 미군은 조선인민공화국을 인정하려 하지 않았다.

1945년 10월 10일, 미군정 장관 아놀드는 격한 표현으로 조선인민공화국을 부인했으며 북위 38도선 아래 유일 정부는 미군정임을 강조하는 성명을 발표했다.

각 지방인민위원회는 미군정에 의해 차례로 해체되었고 좌파는 조선인민당과 조선공산당 등을 결성해 저항했다.

1946년 5월 미군정이 정판사 위조지폐 사건을 날조해 조선공산당을 탄압하자 조선공산당, 조선인민당, 남조선신민당 3당이 합당하여 남조선노동당(남로당)을 조직해 좌파운동의 중심이 되었다.

육지에서는 좌우 대립이 격화되었고 유혈참극도 종종 있었다. 그리고 한쪽 중심이 남로당이었으며 친일파 경찰관들이 빨갱이라 부르는 사람들이었다.

그러나 제주도의 상황은 이와는 아주 달랐다.

제주도는 아주 먼 옛날부터 중앙정부의 박해와 착취로 고통에 시달렸다.

제주도의 역사는 저항의 역사이기도 했다. 조선왕조 말기에는 여섯 차례의 농민봉기가 연이어 발생했었다.

일제강점기에도 저항의 전통은 그대로 계승됐다.

1908년 의병봉기.

1919년 3·1 만세운동.

1921년 반역자 클럽 결성.

1923년 사회주의 해방운동 단체 '신인회' 결성.

1926년 제주농업학교 항쟁 사건.

1930년 제주청년동맹 사건과 혁명동맹제주도 야체이카(cell의 의미, 러시아어) 결성.

1932년 해녀봉기 사건 등등.

주요 사건 나열만으로도 아주 힘들 정도이다.

1930년대 이들 저항운동 때문에 투옥됐던 사람 대부분은 해방을 맞이했을 때 40대로 한창 일할 나이였다.

그들이 제주도인민위원회의 중심이 되었다.

제주도인민위원회는 도민의 압도적 지지를 받으며 강력한 조직을 유지했다. 제주도 인민위원회에는 좌파에 공감하는 인사가 다수 있었지만, 중앙 좌파 단체와 분명한 선을 그으며 온건노선을 유지했다.

1946년 10월, 대구에서 시위대를 향한 경찰의 발포를 계기로 미군정에 저항하는 운동이 전국으로 확산되었다. 두 달에 걸친 봉기에 전국에서 참여한 인원은 이백만 명을 넘어섰고 희생자는 천명이 넘었다. 경찰관 사망자도 백 명을 넘었다.

그러나 제주도인민위원회는 강력한 조직을 유지하고 있었지만, 봉기에는 참여하지 않았다.

미군정도 민중에게 지지받는 제주도인민위원회를 무시할 수 없어 오히려 치안유지의 협력을 요청할 정도였다.

제주도인민위원회가 온건 노선을 유지할 수 있었던 배경에는 다양한 이유가 있었을 것이다.

제주도인민위원회를 주도했던 사람들이 일제의 식민지배라는 가혹한 시대를 견뎌낸 만만치 않은 사람들이었다는 점도 클 것이다.

또 한 가지 제주 사회 내부에 심각한 계급대립이 없었던 점도 빼놓을 수 없다. 제주도에는 육지 같은 대지주가 존재하지 않았다. 농민 대다수는 작지만 자기 토지가 있는 자작농이었다. 이 때문에 육지와 같이 지주와 소작인 사이의 심한 분쟁도 없었고 농지 해방을 요구하는 소작농과 대지주와의 대립도 없었다. 육지에서는 상황에 불만을 품은 소작농을 대상으로 좌파가 세력을 확장했지만, 제주도는 그렇지 않았다.

게다가 괸당공동체라는 제주 특유의 상부상조풍습도 제주도인민위원회의 성격에 큰 영향을 미친 것 같다.

말하자면 제주도는 모두 가난한 평등사회였기 때문에 사회 내부에 심각한 계급대립이 없어 좌우 이데올로기 대립이 격화될 일도 없었다.

익렬은 제주도 사회의 특수성을 깊이 이해하지는 못했다. 하지만 대지주가 없고 소작농이 극히 적었기에 계급대립은 심각하지 않았고 오히려 제주 특유의 괸당 정신에 기초한 상부상조 전통이 사회의 근간이란 사실은 알고 있었다.

1947년 3·1 발포 사건 이후의 긴장상태 역시 좌우 이데올로기의 대립이 아닌 제주도민과 그들에게 부당한 탄압을 가한 경찰, 서청과의 대립이라 생각했다.

때문에 이 일련의 사태를 미군정을 타도하기 위한 공산주의자의 무장봉기로 생각한 지서 주임의 견해에 의문을 느낀 것이다.

더는 총성이 들리지 않았다.

폭도들은 한림 거리에서 물러났다고 생각했다.

부상자들이 연달아 지서로 이송되었다. 의사가 있는 것은 아니었지만 붕대나 소독약 같은 의약품은 이곳에만 있었다. 익렬은 위생병 강헌창에게 응급조치를 명했다.

죽을 정도의 중상인 사람도 있었다. 그러나 이상하게 총상을 입은 사람은 없었다. 대부분 곤봉 같은 것 때문에 생긴 타박상이었으며 낫 같은 것에 베인 것으로 보이는 사람도 있었다.

다른 지역의 상황이 궁금했지만, 통신이 완전히 끊겨 아무것도 알 수 없었다.

모슬포에 주둔 중인 부대가 걱정되었다. 연대장은 부재중이었고 탄약도 해녀들에게 부탁해 바다에서 건진 옛 일본군의 탄약만 소량 있었다. 그런 상태에서 기습당하면 조금도 버티지 못할 것이다.

무전기는 지급받은 적이 없었고 본래 전화도 없었기 때문에 연대 본부와 연락할 방도가 없었다.

익렬은 지서의 건물 안을 둘러보았다. 비품은 사정없이 파손되어 있었고 서류가 흩어져 있었다.

경찰관들은 완전히 허를 찔려 전혀 저항하지 못한 것 같았다.

폭도는 지서로 난입해 유치장에 감금된 사람을 풀어주고 무기, 탄약 등을 탈취해 유유히 사라졌다.

폭도들이 카빈총을 보유하고 있는 것을 이상히 여겼었지만, 이상한 일이 아닌 것이, 이 지서에서 빼앗은 것이었다.

거리로 뛰쳐나간 폭도들은 빼앗은 카빈총을 난사하며 평소 원한을 품었던 경찰관과 서청단원을 공격한 후 끌고 갔다. 한림여관을 습격한 것도 한림여관이 서청단원의 단골 여관으로 사용했기 때문이었고 익렬 일행을 노린 것은 아니라 생각했다. 혹은 2층에

숙박하던 총경 일행의 습격이 목적이었는지도 모른다.

날이 밝았다.

익렬 일행은 옅은 어둠 속에서 스리쿼터를 타고 일주도로를 남하했다.

도로변에 나란히 서 있던 전봇대가 뿌리째 뽑혀 쓰러져 있었다.

통신이 끊겼을 것이다. 이곳만이 아닌 제주도 통신 대부분이 마비되었을 것으로 생각했다.

모슬봉이 보이기 시작했다. 비탈경사가 어느 방향에서도 비슷한 대칭형을 이룬 오름(기생화산)이다. 보통 오름과 달리 진귀하고 아름다워 탄금봉(彈琴峰)으로도 불린다. 모슬포는 '모래가 있는 포구'란 의미의 제주말이라 한다.

조금 더 내려가니 멀리 송악산이 모습을 드러냈다. 제주도의 서남단 해안에 튀어나온 오름으로, 남쪽은 바다와 맞닿은 낭떠러지 절벽이다.

송악산 서쪽에는 알뜨르비행장이 있다.

알뜨르는 '아래 벌판'을 의미하는 제주말이다. 본래 제주도민이 경작한 밭이고 목초지였지만 1920년대 일본군이 이곳에 군용 비행장을 건설했다. 기타큐슈에 본거지를 둔 오무라해군항공대가 사용했다. 1937년 중일전쟁이 발발하고 전진기지로 활용되었다. 난징을 비롯한 중국의 도양폭격(渡洋爆擊)을 위해 사용되었다.

1944년 일본의 패색이 짙어졌을 때, 일본 본토 방위를 위해 제주도를 사수하는 이른바 결2호작전이 승인됐다. 이 작전으로 알뜨르비행장은 특공기지로 확충되었고 송악산 절벽에는 특공용 보트 격납 동굴을 만들었다.

이러한 난공사에 제주도민이 강제 동원되어 노예처럼 혹사당한 것은 두말할 필요도 없다.

1945년 8월 6일에 히로시마, 8월 8일에는 나가사키에 원폭이 투하되어 일본이 무조건 항복하며 미군의 제주도상륙작전은 실현되지 않았다. 만약 일본의 항복이 조금만 늦었다면 제주도 역시 오키나와처럼 지상 지옥이 되어 엄청난 제주도민이 희생당했을 것이다.

병영이 보였다.

겉으로는 아무 이상도 없어 보였다.

제9연대는 옛 일본군인 오무라해군항공대가 사용했던 광대한 오무라병영을 그대로 사용하고 있었다. 이름은 연대였지만 인원은 구백 명이 겨우 넘는 대대(大隊) 규모의 병력이었다.

병영은 평온했다. 각지의 경찰지서가 습격당한 소문은 퍼졌지만 동요한 모습은 없었다.

익렬은 즉시 모든 부대에 전투태세를 갖출 것을 명했고 해녀가 바다에서 건진 얼마 되지 않는 탄약을 분배했다.

다음으로 주변 일대에 척후를 파견해 근처에 사는 장병 가족을 병영 안으로 수용해 보호했다.

전투 준비를 한 뒤 어젯밤부터 익렬 자신이 겪은 사건 경위와 지금까지 수집한 정보를 정리한 보고서를 작성했다. 정보 장교에게 제주도 군정장관이자 제9연대 군사고문인 맨스필드에게 보고할 것을 명했다. 어제는 꿩 사냥을 하며 느긋하게 복귀했기 때문에 시간이 걸렸지만, 지프를 타고 곧장 제주읍으로 가면 네 시간 정도밖에 걸리지 않는다. 오늘 중으로 돌아올 수 있을 것이다.

오후가 되자 주변에 파견했던 척후들이 잇따라 복귀했다. 통신이 끊겼기 때문에 제주도 전역의 상황 파악은 어려웠지만, 지금까지의 보고를 종합하면 4월 3일 새벽을 기점으로 경찰지서 몇 곳이 습격당한 사실은 분명했다. 습격당한 지서 대부분은 일시적으로 점령당했으며 막대한 피해를 입었다고 한다. 특히 무기와 탄약 상당량이 탈취된 사실이 걱정이었다.

폭도들의 숫자는 수백에서 수천까지 추정치가 제각각이었다. 폭동의 목적과 성격 역시 확실한 것은 아무것도 없었다.

폭도의 습격은 제주도 전역에서 이루어졌지만 왠지 제9연대가 주둔 중인 모슬포 주변에는 모습을 드러내지 않았다. 이유는 알 수 없었지만, 경비대와 거리를 두는 것이 폭도들의 방침인지도 모른다. 그 가능성은 고려했지만, 경계를 늦출 수는 없었다.

익렬은 연대 본부에서 나왔다.

정면에 모슬봉의 온화한 모습이 보였다. 병영의 정문 앞은 넓은 초원이었고 도로 왼편으로 가면 모슬포항, 오른편으로 가면 대정(大靜)이다. 연대 본부 옆에는 넓은 연병장이 있고 그 안에 사병식당, 제1중대부터 제3중대까지의 병영, 의무대와 장교식당이 줄지어 있으며 안쪽에는 숲이 있다.

병영을 살펴본 다음, 방어가 취약한 지점의 태세를 강화했다. 경계체제 등을 확인하니 금방 해가 저물었다.

폭도가 습격한다면 밤일 것이다.

경계를 늦출 수는 없었다.

그러나 오늘 새벽, 폭탄 때문에 잠이 깬 이후 긴장의 연속이었다. 이럴 때는 어떻게든 수면을 확보하는 것이 군인의 기본이다.

수면 부족 상태에서는 필요할 때 충분히 활동할 수 없다.

익렬은 11시가 넘어 병영 내 관사로 돌아왔다. 아내는 자지 않고 기다리고 있었다. 웃는 얼굴로 남편을 맞이하려 했지만, 얼굴이 굳어있었다. 여러 소문을 들었을 것이다.

"큰일이 난 모양이네요."

"그래, 당분간 바빠지겠지만 걱정하지 않아도 돼. 금방 진정되겠지. 성화(聖和)는?"

"자고 있어요."

성화는 생후 6개월이 되었다. 익렬은 성화의 잠든 얼굴을 보러 갔다. 새근새근 평온하게 잠든 숨결이다.

"오늘은 피곤하군. 바로 자야겠어."

익렬은 눕자마자 눈 깜빡할 사이에 잠이 들었다. 새벽녘이 되어 기상해 그대로 연대 본부에 얼굴을 내밀었다.

예상대로 폭도들은 야간에 또다시 각 경찰지서를 습격했지만 모슬포 주변에는 나타나지 않았다.

무슨 일인지 진상을 파악할 필요가 있었다. 익렬은 제주도 출신 병사에게 일시귀가를 명령했다. 휴가를 명목으로 군복을 벗고 마을로 돌아가 정보를 수집할 것을 지시했다.

2장

정보 수집

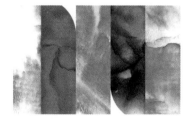

1

강헌창은 1.5톤 군용트럭 적재함 위에서 흔들리고 있었다.

본가로 돌아가 정보를 수집해 오라는 연대장의 명령에 따라 태어나고 자란 마을로 향하고 있었다. 트럭에는 헌창 외에도 세 명의 제주도 출신 병사가 타고 있었다.

모슬포 병영을 출발한 트럭은 북쪽을 향하고 있었다. 각 마을 근처에 병사를 내려준 뒤 제주읍으로 가도록 되어있었다.

동시에 병영에서 출발한 스리쿼터는 동쪽을 향했다. 이쪽 일행은 서귀포를 거쳐 성산, 조천 방면으로 가도록 되어있었다.

제주 출신 병사는 군복이 아닌 사복을 착용하고 있었다. 헌창도 사복 차림이었지만 항상 가지고 다니는 작은 가죽 가방 ─붕대 주머니─ 은 오늘도 가지고 왔다.

안에는 붕대와 소독약 등 간단한 의약품이 들어있다. 마을에 돌아가면 여러모로 도움이 될 것이다.

제9연대에 지원해 입대한 지 곧 10개월이다. 헌창은 무슨 영문인지 위생병으로 배속되었다.

일반병보다 편할 것으로 생각했지만 터무니없는 생각이었다. 전장에서의 부상자 이송법부터 총알과 폭탄 파편 제거, 소독법 등을 철저히 배웠다.

파상풍, 괴저, 패혈증의 무서움도 그때 배웠다. 등신대 인체모형을 사용해 외과적 학과, 내과 교육 등을 엄격히 배웠다. 못 외우면 밤새 공부해야 했다. 같은 위생병 동료와 군대에 온 건지 의과대에 온 건지 모르겠다며 농담도 했지만, 그 힘든 과정은 헌창이 지금까지 경험했던 학교와는 비교조차 되지 않았다.

삼 개월의 훈련 기간을 거쳐 진급시험을 치렀다. 일병으로 진급해 원대 복귀를 명 받았지만, 그 이후에도 정기적으로 군의관에게 기초의학 강의를 받았다.

정신을 차리니 북쪽으로 향하던 트럭이 동쪽으로 달리고 있었다. 곧 있으면 애월항이다. 헌창은 애월항이 내려다보이는 중산간 마을에서 나고 자랐다.

해방 이후 친구와 함께 소형 통통배를 타고 몇 차례나 애월항을 출항했다.

일본에서 생활필수품을 사 오기 위해서였다. 상품을 싣고 순천이나 저 멀리 부산까지 팔러 간 적도 있었다. 그때는 자신이 군인이 되리라고는 꿈에도 생각지 못했다.

3·1 발포 사건 이후, 서청단원이 대거 제주도로 들어오면서 헌창의 인생도 달라졌다.

어느 날 서청단원의 큰 무리가 마을을 습격해 헌창이 마을에 보관 중이던 생활필수품을 모두 약탈하고 헌창을 경찰지서로 끌고 갔다. 지서에서는 연일 얻어맞고 차이며 폭행을 당했다. 가족들에게는 석방을 원하면 돈을 내라고 요구했다.

헌창의 아버지는 일제강점기에 강제징용되어 사이판이라는 남쪽 섬으로 연행되어 소식조차 없었다. 해방 이후 삼 년이 되도록 소식이 없어 이미 죽은 것은 아닌지 반포기 상태이다. 집에는 어머니와 어린 여동생만 있을 뿐이었다. 서청이 요구하는 돈은 어디에도 없었다.

결국, 함께 배에 탔던 동료가 숨겨둔 상품을 헐값에 처분해 어떻게든 몸값을 지급해 풀려났지만 심한 고문을 받아 한동안 일어나지도 못했다.

그 친구 역시 제주도에 남으면 생명이 위태로울 수 있다 판단해 일본으로 밀항했다.

헌창에게도 함께 갈 것을 권했지만 일어나지도 못했기 때문에 무리였다.

이후에도 서청단원은 무슨 먹잇감이 없는지 찾으며 마을을 드나들었다. 이 때문에 일어날 수 있게 되자마자 곧바로 제9연대에 입대했다.

애월항을 조금 지난 부근에서 헌창은 운전대 뒤 창문을 두드렸다. 조수석에 앉아있던 장교가 뒤돌아보았다.

"무슨 일인가?"

"이 근처에서 내려주십시오."

"알겠다."

트럭이 정차한 뒤 헌창은 적재함에서 뛰어내렸다.

"서청 놈들이 어슬렁대고 있을지 모르니 조심해라."

폭도가 아닌 서청을 조심하라는 것이다. 같은 제주도 출신 장교였기 때문에 사정을 잘 알고 있다.

"네. 그럼 다녀오겠습니다."

헌창의 경례를 보고 트럭이 출발했다.

모래 먼지를 일으키며 움직이는 트럭을 배웅한 헌창은 한라산을 향해 곧장 걷기 시작했다.

제주도 어디에서나 한라산을 볼 수 있다. 그러나 한라산의 산꼭대기 부근 지형은 대칭형이 아니었기 때문에 보는 장소에 따라 한라산의 모양이 달라진다. 어느 곳이든 자기 나라 자랑을 하기 마련인데 제주도의 경우 자신의 마을에서 보는 한라산이 최고라고 서로 자랑하곤 했다.

서귀포 해안에 해수욕을 갔었을 때의 일이다. 서귀포 출신 병사가 이곳에서 보는 한라산이 가장 아름답다 우겨 헌창은 새삼스레 한라산을 보았지만 심하게 일그러진 그 모습은 못생겼다기보다 우스꽝스러웠다. 물론 헌창은 여기서 보는 한라산이 최고라 생각했다.

이 부근은 목초지이며 밭이 없다. 가끔 소몰이가 모습을 보이지만 평소 사람의 모습은 잘 보이지 않는다. 헌창은 풀이 무성히 자라 구분하기 힘든 길을 걸었다. 이 지역 출신이 아니라면 길을 잘 모를 수도 있다.

"꺅."

여자 목소리였다. "도와줘." 하는 비명이 계속되었다.

헌창은 목소리가 나는 방향으로 눈을 돌렸다.

아무것도 보이지 않았다.

조금 떨어진 곳에 수풀이 있었다.

아무래도 그곳에서 목소리가 들리는 듯했다.

수풀을 향해 달렸다.

나무를 헤치고 나아가자 하얀 엉덩이가 보였다.

바지를 반쯤 내린 남자의 엉덩이다.

여자를 덮쳐누르고 있는 것 같았다.

헌창은 있는 힘껏 남자의 옆구리를 걷어찼다.

개구리가 짓눌린 듯한 소리를 내며 뒤집힌 남자가 헌창을 매섭게 노려보았다.

"무슨 짓이냐…"

말이 끝나기도 전에 남자의 턱을 쳐올렸다.

남자는 흰자를 부라리며 혼절했다.

반쯤 발기한 성기를 노출한 채 쓰러진 모습은 무심코 웃음이 나올 정도로 우스꽝스러웠다.

뒤를 돌아보았다.

젊은 아가씨가 옷을 정리하고 있었다.

헌창이 손을 내밀었다.

여자가 얼굴을 든다. 이목구비가 잘 정돈된 예쁜 얼굴이었다. 마을에서도 평판이 좋은 아가씨일 것이다.

아가씨는 몸이 굳은 채 헌창을 쏘아보았다.

"괜찮?"

제주말에 안심했는지 순간 망설이던 아가씨는 헌창의 손을 잡고 일어섰다. 근처에 떨어져 있던 대바구니에 손을 뻗었다.

어질러진 도구를 대바구니에 넣은 뒤 등에 짊어진다. 해녀가 도구를 넣을 때 자주 사용하는 질구덕이었다. 이 질구덕에 해녀

도구를 넣고 밭에서 잡초를 뽑으며 때를 기다리다 조류 상태를 가늠한 다음 바다로 나가는 것이 해녀들의 방식이었다.

바다에 가기 위해 길을 내려오던 중 당한 모양이었다.

헌창은 턱으로 쓰러져 있는 남자를 가리켰다.

"서청인가?"

아가씨가 고개를 끄덕였다.

"이놈이 눈을 뜨면 귀찮아져. 어쨌든 여기서 도망치자."

질구덕을 등에 짊어지는 것을 도운 후 아가씨를 재촉하듯 바다 쪽으로 향했다. 여자의 자연스러운 모습을 보며 헌창은 안도의 숨을 쉬었다. 남자의 행위는 미수로 그친 듯했다.

수풀가가 보이지 않는 부근까지 내려왔을 때 말을 걸었다.

"어느 마을이야?"

"웃동네."

웃동네란 고유명사가 아니었다. '윗마을'의 의미였다. 즉, 제주도 여기저기에 웃동네가 있지만 여기서 웃동네는 하나밖에 없었다.

"마을까지 데려다주지."

그러나 아가씨는 발걸음을 멈추고 움직이려 하지 않았다.

"왜 그래?"

"이대로 마을로 돌아가면 저놈이 동료를 끌고 와 엉망진창으로 만들 게 뻔하니까…. 그러니까…."

"응. 그렇지만…."

"전부터 집요하게 구애해서 곤란했어. 하지만 저런 녀석과 하나가 되는 건 죽기보다 싫어."

서청이 이 섬에 온 뒤로 자주 듣는 이야기였다. 서청의 배후에는 경찰이 있다. 트집 잡아 부모나 친척을 체포하는 것쯤은 가볍게 할 녀석들이었다. 울며불며 딸을 내준 부모도 있다고 들은 적이 있다.

잠시 생각에 잠겨있던 아가씨가 얼굴을 들었다.

"상가리(上加里)에 시집간 언니가 있어. 한동안 거기에 몸을 숨기는 편이 어떨까 해…."

"그게 좋겠군. 상가리는 이쪽이겠지."

왔던 길을 돌아가려는 헌창의 소매를 아가씨가 잡았다. 고개를 흔들고 있었다.

헌창은 곧바로 아가씨가 말하려는 뜻을 알아차렸다. 아까 그 남자가 눈을 뜨면 엄청난 일이 된다.

"조금 멀지만 고내봉(高內峰)의 산기슭으로 돌아가자."

고내봉의 정상을 바라보며 아가씨가 끄덕였다.

걸으며 아가씨에게 물었다.

"이름이 뭐야? 내 이름은 강헌창이다."

"순이."

헌창은 무심코 미소를 지었다. 이 근처 마을에서 순이란 이름의 여자를 세면 다섯 손가락으로는 모자랄 것이다.

문득 순이가 오른손으로 왼팔을 누르고 있는 사실을 눈치챘다. 손가락 사이로 피가 번진 소매가 보였다.

"다친 거야?"

순이가 얼굴을 들었다.

"어디 보여줘."

"괜찮아."

"곪으면 나중에 골치 아파."

순이의 손을 치우고 상처를 보았다.

아래팔에 나뭇가지가 박혀있었다.

꽤 깊다.

"이건 그냥 둘 수 없겠어."

억지로 순이를 앉힌 뒤 소매를 걷었다.

붕대 주머니에서 핀셋을 꺼내 나뭇가지를 제거하려 했지만, 파편이 남아 있었다.

총알이나 폭탄의 파편 제거 훈련은 몇 번이나 해봤지만 살아있는 몸에는 처음이었다.

의료용 작은 칼을 소독한 뒤 순이의 얼굴을 보았다.

놀란 눈으로 칼을 보고 있었다.

"조금 아플 거야. 금방 끝나."

작게 절개한 뒤 나무 파편을 제거했다. 눈에 보이는 나무 파편을 최대한 제거했다. 순이는 신음소리를 냈지만 울부짖지는 않았다.

깨끗한 물로 세척하고 싶었지만 여기서는 무리였다. 다행히 흙으로 오염된 것 같지는 않았다.

베인 상처는 자주 세균 감염이 생기기 때문에 봉합하지 않고 연고로 치료하는 것이 바람직하다고 배웠다. 얇게 연고를 바르고 붕대를 감았다.

"이제 괜찮을 거야."

일어서며 헌창은 연고가 들어있는 작은 깡통을 순이에게 건넸다.

"하루에 두 번, 상처가 아물 때까지 연고를 바르도록."

제9연대에는 탄약조차 지급되지 않았으며 의약품 지급 역시 최소에도 미치지 못하는 것이 현실이었다. 연고이긴 하지만 사적으로 사용한 것을 들키면 질책을 당할 것이다. 그러나 순이의 예쁜 얼굴을 보고 있자니 마음이 약해지고 만다.

헌창을 올려보며 순이가 물었다.

"의사 선생님?"

쓴웃음을 지으며 헌창이 대답했다.

"아니 위생병이다. 제9연대의."

순이의 몸이 굳어지는 것이 느껴졌다. 순이에게는 경찰도 경비대도 같은 것일지 모른다.

"무서워하지 않아도 돼. 경비대와 경찰은 달라. 실은 나도 서청에 붙잡혀 아주 힘든 일을 겪었어. 이대로는 생명이 위태로울 거라 생각해 경비대에 입대한 거야. 그러니 그런 얼굴 하지 마."

살짝 고개를 끄덕인 뒤 순이도 걷기 시작했다.

고내봉의 산기슭을 돌아 완만한 경사를 올라갔다.

"근데 그 남자도 뻔뻔하다 해야 하나, 대담하다 해야 하나…. 다른 놈들은 폭도가 무서워 지서에서 한 발자국도 안 나오려고 하는데."

"폭도가 아니야!"

단호한 어조에 헌창은 무심코 순이의 얼굴을 보았다.

순이가 말을 계속했다.

"지서로 끌려가 고문당한 마을 사람을 도와주러 간 거야. 폭도가 아니니까."

"아니, 나빠, 나쁘지, 모두 폭도, 폭도라고 말하니까 나도 덩달아 그렇게 말했네. 그렇지. 폭도라 하면 나쁜 놈이라는 의미가 되지."

"도와주러 간 사람도, 도움을 받은 사람도, 마을에 있을 수 없게 돼서 산에 숨어있으니까."

경찰지서를 습격한 남자들이 그대로 마을에 있는 것 같다는 정보도 있었지만 그게 사실이더라도 중산간지대일 것이다. 해안가 마을은 무리일 것이다.

격한 어조로 순이가 말을 이었다.

"군대는 경찰보다 강하지? 어째서 그런 놈들이 활개 치도록 두는 거야?"

아무 말도 할 수 없었다.

혼잣말처럼 순이가 덧붙였다.

"나도 산에 가야 할지도…."

산에 가더라도, 더군다나 젊은 아가씨 몸으로는 힘들 것이다. 동굴 같은 곳에서 비와 이슬을 피하고 집에서 음식을 조달받아야 한다. 현재 젊은이 대부분이 산으로 피난해 모인 숨은 마을이 생겼다는 소문도 들었지만, 확실히는 모른다.

상가리 집들이 보이기 시작했다. 순이가 뒤돌아보았다.

"여기서부터 괜찮아."

낯선 남자와 둘이 있는 모습을 보이고 싶지 않은 모양이었다.

"그럼 조심히 가."

온 길을 되돌아가려는데 순이가 소매를 붙잡았다.

꾸벅 머리를 숙였다.

"고마워."

고개를 한 번 끄덕인 뒤 헌창은 길을 내려갔다.

2

돌담에 둘러싸인 작은 길을 빠져나가자 미숙(美淑)이 마당에서 뛰어왔다. 올해 8살이 되는 막내 여동생이다. 큰 여동생은 이미 옆 마을로 시집을 갔다.

"오빠, 이번 추석에 온다더니 어쩐 일이야?"

"응. 갑자기 휴가를 받았어. 엄마는?"

"뒤쪽에 있어."

오빠가 돌아왔다고 말하며 미숙이 엄마를 부르러 갔다.

마당을 끼고 키가 작은 초가지붕 두 채가 나란히 있다. 제주도 집은 어디나 이런 모습이다. 안채가 안거리, 별채가 밖거리다.

안거리 뒤쪽에서 어머니가 얼굴을 내밀었다.

"아이고 이게 무슨 일이야."

"소동이 있었잖아. 그래서 집 상황을 보고 오라고 연대장님이 직접 명령하셨어."

"그것 참 대단한 연대장님이신데?"

집 안으로 들어갔다. 밥은 아직이냐 물으며 어머니는 곧장 밖으로 나갔다. 마을 상황을 듣고 싶었지만 그런 것은 상관없었다. 다 제쳐두고 음식 걱정을 했다.

헌창은 벌러덩 누웠다. 미숙이 옆에서 이런저런 질문을 했다. 마을 상황을 미숙에게 물었지만 잘 알 수 없었다.

잠시 후 밥상을 들고 어머니가 돌아왔다. 두툼한 검은 냄비가 여전히 보글보글 끓고 있었다. 조개와 해초를 듬뿍 넣어 빨갛게

끓인 찌개였다. 헌창이 가장 좋아하는 요리였지만 쉽게 먹을 수 있는 음식은 아니었다. 귀한 아들이 왔기에 큰맘 먹고 만든 요리였다. 재료가 이만큼이나 집에 있을 리 없는데 짧은 시간에 어떻게 마련했는지 어머니의 정보망은 헌창의 상상 이상이었다.

보리밥과 함께 국물을 음미했다. 참 맛있다. 먹으면서 연대 생활이나 친척 소식 같은 시시콜콜한 대화가 이어졌다.

어제의 지서 습격 이야기도 나왔다.

"인철(仁哲)과 종구(鐘丘)까지 연행된 거야?"

"응. 너 때와는 다르게 몸값을 준비할 수가 없었어. 아무리 쥐어짜도 이미 빈털터리였으니까. 그래서 어떻게 해야 하나 고민하던 찰나에 지서를 습격해 둘을 빼오자는 이야기가 나온 모양이야. 산으로 도망친 남자들이 모여서 말이지. 그저께 일이야."

"그래서 일은 잘 해결됐어?"

"아주 무참하게 해치운 모양이야. 영칠(英七)이 놈들은 엄청나게 큰 총을 뺏었다고 자랑하더라."

영칠은 헌창의 소꿉친구이다.

"영칠이까지 간 거야?"

"마을 젊은이들은 총출동했지."

"인철이랑 종구는 어떻게 하고 있어?"

"집에 누워있을 거야. 심하게 혼쭐난 모양이야."

배가 불러 잠시 휴식한 뒤, 헌창은 집을 나섰다.

밖은 벌써 어두워져 있었다. 돌담에 둘러싸인 작은 길을 지나 영칠의 집 안뜰에 들어갔다. 밖거리 쪽으로 말을 걸었다.

"영칠이 거기 있는가?"

나무문이 안쪽에서 휙 열렸다.

영칠이 얼굴을 내밀었다.

"오, 헌창이? 오랜만이네. 들어와."

몸을 낮춰 방으로 들어갔다. 좁은 방이었다. 무릎이 맞닿을 듯 앉았다.

"군 생활은 어때?"

"그냥 여유롭게 하고 있어. 그것보다 드디어 일을 저지른 모양이더라."

"응. 녀석들 평소에 아주 거만 떨던 주제에 막상 일이 벌어지니 근성도 전혀 없더라. 마음껏 난폭하게 날뛰었지."

"그런데 애초에 어떻게 시작된 거야?"

영칠은 경계의 눈초리를 보냈다.

"정보 수집을 하러 온 건가. 설마 제9연대가 진압에 나서려는 건 아니지?"

헌창은 과장되게 손을 흔들며 부정했다.

"말도 안 돼. 경찰 놈들은 미군정을 무너뜨리기 위해 공산당이 무장봉기했다고 떠들어대고 있는데 연대장님은 그렇지 않다고 보고 있어. 그래서 진상 확인을 명령하신 거야."

"공산당의 무장봉기? 웃기고 있네. 공산당에 이 정도 일을 저지를 힘이 있을 리 없잖아. 죄도 없는데 끌려가 고문당하는 동료들을 돕기 위해 나선 거야."

"나도 그렇게 생각하고 있었어."

"3월 초, 조천 지서에서 학생들이 고문으로 살해당한 사건이 있었잖아."

헌창이 고개를 끄덕였다.

조천중학원 2학년 김용철(金用哲)이 고문으로 죽음을 맞이한 것은 3월 6일이었다. 김용철은 당시 21살이었다.

"다음은 모슬포 지서다."

14일에 모슬포 지서에서 사망한 것은 27살 청년 양은하(梁銀河)였다.

제주신보에 '고환이 파열되어 급사했다'는 기사가 실렸다. 도대체 어떤 고문을 당한 것인가, 기사를 읽었을 때 등골이 서늘했던 공포를 헌창은 확실히 기억한다.

"그리고 이번에는 금능리다."

금능리 사건의 소문은 헌창도 들었다.

희생양은 박행구(朴行九)라는 청년이었다.

박행구는 머리가 좋은 청년이었으며 마을에서도 자랑스러워하는 젊은이였다고 한다. 평소 미군정과 우익 집단을 신랄히 비판했는데 3월 28일, 때마침 금능마을에서 신조선(新造船) 진수식이 있었다. 이후 술자리에서도 몇 명의 인물을 민족을 파는 민족반역자로 매도했다고 한다.

다음 날, 경찰과 사복 차림 서청단원 스무 명 정도가 탄 트럭이 금능리에 들이닥쳤다고 한다.

박행구는 점심을 먹다 맨발로 도망쳤다. 그러나 곧바로 잡혔고 모두의 앞에서 맞고 발로 차이는 폭행을 당했다. 트럭에 탔을 때는 피투성이에 반죽음 상태였다고 한다.

그대로 트럭은 동쪽을 향했고 총성이 울려 퍼졌다.

"우리는 동굴에 숨어있었지만 이대로라면 인철과 종구도 살해당하겠구나, 어떻게든 해야겠다고 상의를 하고 있었어. 원래는 우리끼리만 인철과 종구를 구하러 갈 생각이었어. 때마침 다른 마을에서도 같은 일을 계획 중이란 이야기를 태석이 들었지. 다른 마을에서도 응원을 온다고 하니까 그 이야기를 그냥 넘길 수 없지 않겠어? 4월 2일 한밤중에 여러 지서를 일제히 습격한 거야."

4월 2일 한밤중, 즉 4월 3일 새벽이다.

영칠의 이야기가 계속되었다.

"4월 2일 저녁부터 우리가 있던 동굴로 잇따라 남자들이 모여들었어. 모두 서른 명 정도였나? 대부분 근처 마을의 젊은이라 아는 사이였지만 처음 보는 얼굴도 몇 있었어. 태석이 중심이 되어 작전을 짰지. 물론 작전이라 해도 대단한 건 아니었어. 지서 부근에서 잠복하고 있다가 일제히 습격하는 계획이었지. 지서 내부 사정을 손바닥 보듯 훤히 알고 있었으니까. 몇 번이나 그곳에 끌려갔으니까. 무기는 바다에서 건진 일본군 99식 소총 한 자루뿐이었어. 나머지는 낫이나 죽창, 나는 곤봉을 들고 갔지."

"상대는 카빈총이었어. 잘도 그런 무기로 쳐들어갔구나."

"정찰한 녀석에 의하면 감시도 없고 특별한 경계도 없다고 하니까 여하튼 암흑 속에서 지서 부근까지 간 거야."

"응."

"그런데 다들 무서워 벌벌 떨었지. 일렬로 전진하던 중 모두 소변 같은 핑계를 대며 빠져나가서 정신을 차리고 보니 내가 선두에 있었지."

"그래서 어떻게 됐어?"

"어쩔 수 없었지. 어쨌든 협의한 곳까지 갔어."

"소변을 보러 간 놈들은 어떻게 됐어?"

"뒤에 붙었지. 역시 도망친 놈은 없었어."

"암흑 속에서 지서 근처로 가서 몸을 숨긴 거구나. 그래서?"

"다음은 가만히 기다리기만 했어. 꽤 오래 기다렸다고 생각했지만 실은 잠깐이었는지도 몰라."

"그다음엔 어쩔 계획이었어?"

"99식 소총을 신호로 돌입하는 순서였어."

"누가 총을 쏜 거야?"

"태식이."

"응, 녀석은 배짱이 두둑하지."

"슬슬 달이 얼굴을 비추려 할 때였어. 99식 소총을 빵, 빵."

"드디어 시작된 거군."

"그걸 신호로 고함을 지르며 지서 안으로 뛰어갔어. 처음엔 우리도 무서워 벌벌 떨었지만, 안으로 뛰어 들어갔지. 놈들은 이미 도망치려 했고 저항하는 녀석은 없었어. 우리가 오히려 맥 빠질 정도였지. 나는 도망칠 타이밍을 놓친 놈을 곤봉으로 힘껏 두드려 팼어. 곧바로 인철이와 종구를 구했고 지서에 있던 카빈총을 몽땅 가지고 왔지."

"너희 쪽 부상자는?"

고개를 흔들며 부정한 영칠이 말을 이었다.

"우리는 카빈총을 쏘며 마을로 왔어. 예정에 없었지만 이렇게 된 이상 서청 놈들을 혼내주자는 분위기가 되었지. 몇 명의 집을 덮쳤는데 잔챙이들만 있었어. 우리는 허국희(許國熙) 그놈을 때려 눕히고 싶었지만 어디 있는지 몰랐어."

헌창도 허국희에게 험한 꼴을 당했었다.

"슬슬 돌아가려 했을 때, 누군가 허국희를 붙잡아 온 거야. 전혀 걷지도 못하는 꼴이었지. 평소 거만하기 짝이 없었는데 상상할 수 없을 정도로 비참한 모습이었지. 울먹이며 살려달라고 두 손 모아 애원하더군. 그놈만은 용서할 수 없다고 생각했었는데 그 모습을 보니 불쌍해지더라고. 곤봉으로 한 대만 갈기고 길가에 버렸지."

"그놈을 살려두면 이번에 무슨 일을 당할지…."

"그래. 지금은 조금 후회하고 있어."

숨을 들이쉰 뒤 헌창이 물었다.

"네가 커다란 총을 가져 왔다고 어머니가 말하던데."

"그래."

영칠이 방구석의 이불 밑에서 총을 꺼내 들었다. 미군의 카빈총이었다. 제9연대에 있는 99식 소총과 달리 반짝반짝 빛이 나는 새 총이었다.

"이런 물건을 집에 두다니 발각되면 그냥 넘어갈 수 없을 거야."

"그렇지 뭐."

"놈들이 오면 어쩔 셈이야?"

"다시 산에 숨을 수밖에 없겠지. 여기서 전쟁을 할 수도 없는 노릇이니까."

일 년 전부터 중산간 마을에서는 마을 입구를 내려다볼 수 있는 높은 곳, 예를 들면 오름 같은 곳에 감시를 두었다. 경찰과 서청 트럭이 접근하면 도주하기 위해서였다.

영칠이 얼굴을 들이밀었다.

"인철이와 종구는 구해올 수 있었지만 다른 지서에도 아직 많은 사람이 있어. 이번에는 우리가 응원에 나서야만 해."

"습격을 계속하겠다는 거야?"

"모두를 구할 때까지 그만둘 수 없지."

"그러나 그다음엔…."

"응…."

영칠은 말문이 막혔다.

마을의 평화를 위해서는 서청과 악덕 경찰을 제주도에서 쫓아내야 한다. 그러나 지서를 계속 습격한다 한들 그것이 실현될 리 없다.

영칠이 얼굴을 들었다.

"너희 부대 연대장에게 잘 전달해. 이건 공산당의 무장봉기가 아니야. 죽을 위기에 처한 동료를 구출하기 위한 어쩔 수 없는 행동이라고."

"그 점은 연대장님도 충분히 알고 계실 거야."

"애초에 경비대는 이 나라 국민을 지키기 위해 존재하잖아? 이 나라 국민이 서청과 경찰관에게 고문당하다 죽게 생겼는데 어째서 바로잡으려 하지 않는 거지?"

"그건 그렇지만…."

순이도 같은 말을 했었다.

아무리 이야기해도 어떻게 하면 좋을지 결론이 나오지 않았다.

밤이 깊어진 뒤, 헌창은 집으로 돌아가기 위해 길을 나섰다.

달은 아직 모습을 보이지 않았다. 누군가 코를 꼬집어도 모를 만큼 캄캄한 어둠 속을 헌창은 터벅터벅 걸어갔다.

3

다음 날, 아침 일찍 집을 나선 강헌창은 제주읍으로 향했다.

제주읍은 평소처럼 활기찼지만 기묘하게도 서청과 경찰관의 모습은 보이지 않았다.

폭도가 무서워 지서에 틀어박혔다는 소문이 진짜인 것 같았다.

헌창은 관덕정 앞을 지나 제주신보사가 있는 건물로 들어갔다. 관계자 같은 얼굴로 안으로 향했다.

방 안은 담배연기로 가득 차 숨이 막힐 지경이었다.

목적인 양조환(梁祚煥)은 책상에 앉아 무언가를 쓰고 있었다.

제주신보는 해방 직후인 1945년 10월 1일, 패기 넘치는 몇 명의 청년들이 창간한 제주도 유일의 일간신문이다. 일제의 지배 말, 조선어 말살정책의 하나로 조선어 활자를 땅에 묻어 폐기하려 했지만, 그것을 하나하나 꺼내 창간호를 인쇄했다고 들었다.

1947년 1월, 법인조직으로 개편했고 남녀기자를 동시에 공개 모집했다. 그때 응모했던 한 명이 조환이었다.

헌창이 삼촌이라 부르며 사모하는 조환은 제주도 명문 오현중학교(五賢中學校)를 졸업하고 일본의 대학에도 다닌 적 있는 마을 최고의 지식인이다. 제9연대에 입대하기 전, 제주읍에 올 때마다 이곳에 놀러 왔었다.

조환의 책상 앞으로 간 헌창은 대충 인사한 뒤 이번 사태의 진상을 알아보라는 연대장의 명령으로 왔다는 사실을 전했지만, 조환의 반응은 차가웠다. 잠시 기다리라 한 뒤, 얼굴도 들지 않고 담배연기를 뿜으며 책상 위 원고에 붉은 펜으로 무언가를 적고 있었다.

헌창은 실망한 표정으로 빈 의자에 앉았다. 조환은 붉은 글자로 교정한 원고를 뒤에 있던 기자에게 건넸다. 다음에는 옆에 있던 여기자와 회담을 시작했다. 완벽한 서울말이었다. 처음 듣는 단어가 통통 튀어나와 헌창에게는 마치 외국어로 대화하는 것처럼 느껴졌다.

한가했던 헌창은 그 여기자를 바라만 보았다. 미인이기 때문만은 아니었다. 단발에 양장 차림의 젊은 여성이 헌창이 이해할 수 없는 언어를 구사하며 격렬히 논쟁하는 모습은 놀라웠다. 이것이 신시대의 여성인가 하고 헌창은 기묘한 부분에서 감탄하고 있었다.

여기자와의 논의가 일단락되고 조환이 자리에서 일어섰다.

"그 건으로 취재하고 올게."

겉옷을 입으며 조환이 헌창 쪽을 보았다. 불이 붙어있는 담배를 입에 물고 있었다.

"너도 따라와."

헌창은 서둘러 일어섰다.

밖에 나가니 조환은 아무 말도 하지 않고 관덕정 앞에서 바다를 향해 걷기 시작했다.

완만한 언덕을 내려가며 조환이 겨우 입을 열었다.

"저쪽에 경찰의 개도 있어. 조금 조심하자."

조환의 무뚝뚝한 태도의 이유를 알게 된 헌창은 머리를 긁적였다.

"걸으면서 이야기하자. 그게 가장 안전해."

헌창은 마을 상황을 보고 오라는 연대장의 명령, 마을로 돌아갈 때 서청이 덮친 해녀를 구한 경위, 지서를 습격해 카빈총을 빼앗은 영칠에게 들은 이야기 등을 설명했다.

"흠. 그런데 너희 쪽 연대장은 일련의 사태를 어떻게 보고 있지?"

"폭도의 규모도 성격도 전혀 모르겠다고 하던데?"

"현 단계에서는 그 판단이 타당하지만, 경찰은 외부 지령에 의한 폭동으로 보고 있어. 즉, 국제공산주의와 연계한 무장봉기라는 거지. 그 점에 대해 뭔가 말한 거 있어?"

"그런 일은 있을 수 없다고 했어."

"근거는?"

"잘은 모르지만, 절해고도(絕海孤島)에서 봉기해봤자 이길 가망이 없는데 그런 멍청한 짓을 할 리가 없다고 그런 이야기를…"

조환이 입가에 미소를 띠었다.

"너희 연대장은 썩 머리가 좋은 모양인데."

"그런 멍청한 짓을 할 리 없다고 한 이유는 다소 이해가 안 가지만."

"그럼 차분히 생각을 해봐. 지금은 경찰에게 무기와 탄약을 탈취해 기세등등할지도 모르지만, 힘이 달릴 거야. 외부의 보급이 전혀 없으니까. 그에 반해 진압 측은 무기, 탄약은 물론 인원을 얼마든지 보낼 수 있어. 봉기해봤자 승리할 가능성은 전혀 없지. 육지를 포함한 몇몇 장소에서 동시에 봉기를 일으켜 제주도에 손을 뻗지 못하는 상황을 만들면 의미가 있을지 모르지만, 육지에서 봉기했다는 이야기는 들어본 적이 없어. 제주도에서의 봉기를 탄압할 구실만 만들 뿐, 백해무익이야. 남로당 중앙도 멍청이 집단이 아니야. 자충수를 둘 리가 없지."

자충수란 바둑에서 자신에게 불리한 결과를 낳는 자살수이다. 보통은 그런 수를 쓸 리 없지만, 난전 중에는 총을 잘못 쏴 앗! 하는 일이 종종 있었다.

"자충수?"

"너 바둑은 하지 않는구나."

"장기라면 조금….'

"장기로 비유하자면 왕이 스스로 도망갈 수 없는 곳까지 몰리는 수를 쓰는 거야."

"과연 그렇구나."

"즉, 제주도에서의 단독 봉기 같은 건 전략적으로 있을 수 없는 수라는 거지. 너희 연대장은 거기까진 알고 있는 모양이야."

둘은 해안으로 왔다. 파도가 검은 현무암에 부딪혀 하얀 거품이 일어났다. 왼쪽에는 용두암이 보였다.

조환이 가슴 안주머니에서 담뱃갑을 꺼낸 뒤 한 개비를 꺼내 손으로 바람을 막으며 성냥에 불을 붙였다.

후하고 연기를 내뿜은 조환이 겉옷 주머니에서 접힌 두 장의 종이를 꺼내 헌창에게 건넸다.

"이걸 본 적이 있어?"

접힌 종이를 펼친 헌창은 고개를 저었다.

"읽어 봐라."

헌창은 다시 종이를 보았다.

한 장은 경찰에게 호소하는 전단지였다.

친애하는 경찰관들이여! 탄압이면 항쟁이다. 제주도 유격대는 인민들을 수호하며 동시에 인민과 같이 서고 있다. 양심 있는 경찰원들이여! 항쟁을 원치 않거든 인민의 편에 서라. 양심적인 공무원들이여! 하루빨리 선을 타서 소여된 임무를 수행하고 직장을 지키며 악질 동료들과 끝까지 싸우라. 양심적인 경찰원, 대청원들이여! 당신들은 누구를 위하여 싸우는가? 조선 사람이라면 우리 강토를 짓밟는 외적들을 물리쳐야 한다. 나라와 인민을 팔아먹고 애국자들을 학살하는 매국 배족노들을 거꾸러뜨려야 한다. 경찰원들이여! 총부리란 놈들에게 돌리라. 당신들의 부모 형제들에게 총부리란 돌리지 마라. 양심적인 경찰원, 청년, 민주인사들이여! 어서 빨리 인민의 편에 서라, 반미구국투쟁에 호응 궐기하라.

다른 한 장은 시민, 동포에게 호소하는 글이었다.

시민 동포들이여! 경애하는 부모 형제들이여! '4·3' 오늘은 당신님의 아들 딸 동생이 무기를 들고 일어섰습니다. 매국 단선단정을 결사적으로 반대하고 조국의 통일 독립과 완전한 민족 해방을 위하여! 당신들의 고난과 불행을 강요하는 미제 식인종과 주구들의 학살 만행을 제거하기 위하여! 오늘 당신님들의 뼈에 사무친 원한을 풀기 위하여! 우리들은 무기를 들고 궐기하였습니다. 당신님들은 종국의 승리를 위하여 싸우는 우리들을 보위하고 우리와 함께 조국과 인민이 부르는 길에 궐기하여야 하겠습니다.

헌창이 고개를 들었다.

"이건…?"

"3일, 읍내 여기저기에 뿌려져 있었어. 역시 남로당 제주도당이 관여하고 있는 것이 확실한 것 같다."

"하지만 외부 지령이 아니라고 방금 말했잖아."

"남로당 중앙의 지령으로는 생각할 수 없지. 아마도 남로당 제주도당이 독단적으로 행동했을 거야."

"적어도 우리 마을은 인철과 종구를 구하기 위해 지서를 습격한 거야. 남로당과는 아무 관련 없어."

"대부분의 지서 습격이 동료를 구하기 위해 도민들이 벌인 것은 확실하지만 거기에 남로당이 관여한 사실 역시 부정할 수 없어. 4월 3일 새벽을 기점으로 섬 전체의 일제 습격 계획은 남로당이 움직이지 않았다면 불가능했을 거야. 동료를 구하려는 도민의 움직임에 남로당이 편승한 것인지 아니면 남로당이 선동해 많은 도민이 참가한 것인지는 확실하지 않지만 말이야."

조환은 다시 담배를 꺼내 강풍 속에서 힘겹게 불을 붙인 뒤 말을 이었다.

"남로당 제주도당이 무장자위대를 조직했단 이야기를 들은 적이 있어. 자위대라고 해봤자 수십 명 정도였겠지. 무기라 해봤자 겨우 바다에서 건진 옛 일본군 99식 소총 그것도 모두에게 나눠줄 정도도 아니었을 거고. 경찰과 서청의 악행을 견디기 힘들어 무기를 들고 싸우자는 의견은 남로당 내부에서도 꽤 오래전부터 나왔던 모양이야. 그걸 고참 당원이 억누르고 있었어. 그들은 일제의 탄압에도 끝까지 버틴 만만치 않은 활동가야. 견디는 것의 중요성을 잘 알고 있지. 그런데… 1·22 대량검거사건은 알고 있지?"

헌창이 고개를 젓자 조환은 그래, 그렇구나, 하는 듯 혼자 고개를 끄덕였다.

"경비대에 있으면 바깥 사정에 어두워지는 것은 어쩔 수 없지만 신문 정도는 읽어 둬. 올해 1월 22일, 미국 CIC와 경찰이 조천면에서 열린 집회를 습격해 106명을 검거했어. 이후 26일까지 섬전체에서 115명이 추가로 검거되었지. 남로당 제주도당 안세훈위원장을 비롯해 거물급이 몽땅 검거되었어."

대량검거의 시작은 김 모(金某)라는 중문면 강정리 당세포(黨細胞)의 체포였다.

경찰은 김 모에게 처참한 고문을 가했다. 일제강점기 고문 경찰관이 총동원되었고 마지막엔 경찰서장 김영배까지 가담했다.

일주일에 걸친 피비린내 나는 고문 끝에 결국 김 모는 전향했고 경찰은 그 정보를 토대로 남로당 제주도당 핵심인물을 일망타진했다.

"고참 당원이 모조리 검거되고 젊은 놈들이 남로당 제주도당의 실권을 잡게 됐지. 놈들이 젊은 혈기에 날뛰다 봉기를 결정한 것이 진상일 거야. 전망이 있어 궐기한 게 아니었어. 승리할 거라 생각했다면 지나치게 낙관적인 거지."

"그렇다면 앞으로 어떻게 할 생각이지?"

"미군정과 경찰은 전력으로 탄압할 거야. 그러나 정의는 압도적으로 산사람들에게 있기에 도민 90%는 산사람들을 지지하고 있어. 완전한 진압은 어려울 거야."

도민은 무장대를 산사람이라 불렀다.

"경찰의 승리도, 산사람들이 이길 수도 없다고 한다면…?"

"일련의 사태 원인이 경찰과 서청의 부정 때문임은 명백해. 그 걸 인정하고 바로잡으면 문제는 해결되겠지만, 경찰은 결코 인정 하지 않을 거야. 너희들은 말단 경찰관이나 서청단원에게 화를 내 는 것 같은데 놈들은 그저 시키는 대로 할 뿐이야. 경찰 간부나 관리들이 놈들을 조종하고 잔뜩 사복을 입히고 있어. 미군 장교까 지 한패니까 뿌리가 깊지."

헌창이 놀라 소리를 질렀다.

"미군 장교까지!"

"복시환(福市丸) 사건을 생각해보면 확실하겠지!"

사건은 작년(1947년) 1월 11일, 일본에서 서귀포항을 향하던 30 톤 규모의 화물선 복시환이 성산포 해변 근처에서 목포 주둔 해안 경비대 경비선에 밀수선으로 나포된 것에서부터 시작된다. 배에 는 서귀포 법환리 출신 재일동포 친목 단체 건친회(建親會)에서 고 향의 전화 사업을 위해 기증한 전기 가설 자재와 학교에 보낼 학 용품 등이 적재되어 있었다.

복시환은 제주항에 입항했지만 적재된 전기 가설 자재를 두고 각종 사기꾼이 암약(暗躍)하며 사태가 복잡하게 흘러갔다. 그중 재 일동포가 기부한 귀중한 물자를 가로채려 한다는 소문이 돌았고 제주신보가 이를 보도해 전국적으로 큰 문제가 되었다. 그 과정에 서 제주 경찰 간부 외에 제주도 군정청 넘버2 패트릭 대위까지 부정에 깊이 연루되었다는 의혹이 부상했다.

그러나 법환리 출신의 화물운반 대표 변성익(邊聖翊) 등이 군사 재판을 받으며 적하품 몰수 선고를 받았다. 변성익이 아무 죄 없는 피해자란 사실은 말할 필요도 없었다.

"애초에 일제에 꼬리를 흔들며 국민의 고혈을 착취했던 놈들이 해방된 조국에서 백주대낮부터 당당히 활보하는 게 문제야. 말단 경찰관과 서청의 문제가 아니야. 강한 자에게 아첨하며 부정을 일삼는 것이 이 나라의 정의가 되어버렸어. 남반부 단독선거로 단독정부를 수립하겠다고 떠들어대고 있지만 이대로 정부가 수립된다면 이 정부는 부정에 얼룩져 썩은 냄새가 진동하는 정부가 될 것이 분명해."

거기서 말을 끊고 조환은 담배 연기를 깊이 들이마셨다.

"오늘 경무부 공안국장 김정호(金正浩)가 제주비상경비사령부 사령관 자격으로 섬에 왔어. 이놈도 일제의 엉덩이를 핥으며 우리 동포의 피와 눈물을 쥐어짠 쓰레기 중의 쓰레기야. 이게 그 쓰레기의 첫 발언이다."

조환은 다시 종이를 건넸다.

제주도민들은 선량하고 근실한 민중이라고 생각한다. 그러므로 나는 이번 폭동 사건은 제주도민의 주동으로 일어난 것이 아니고 육지부에서 침입한 악질 불량도배들의 협박·위협 등으로 도민을 선동시켜 야기된 것이라고 인정한다. 그리고 앞으로는 육지부에서 침입한 주동자 및 직접 가담자에 대해서는 추상같이 임하며, 악질도배들의 협박과 위협으로 선동된 도민들에게는 최대의 온정으로 임하며 제주도민에 나는 많은 동정을 가지며 앞으로 더욱 경찰에 협력할 것을 요망한다.

고개를 갸웃하며 헌창이 말했다.

"뭔지 잘 모르겠네. 제주도민에게 동정을 느끼고 있다고 써있지만…"

"바보야! 그런 건 속내를 감추기 위한 상투적 문구에 불과하다고. 놈이 말하고 싶은 건 이번 사태가 외부 선동에 의한 것이란 점이야. 즉, 경찰과 서청의 부정은 일절 인정하지 않고 힘으로 진압하겠다는 선언이야. 진흙탕이지."

다시 담배에 불을 붙였다. 쉬지 않고 담배를 피웠다.

"봉기를 결정한 놈들은 민란을 염두에 두고 있을지도 몰라."

"민란…?"

"조선 왕조시대의 민란 말이야. 탐관오리의 제압에 항거해 엄청난 수의 민란이 일어났지만 모두 진압당했고 수모자(首謀者)들은 처벌받았지. 즉, 민란이 승리한 적은 한 번도 없었다는 거야. 하지만 당시 정부는 민란의 원인이었던 탐관오리들을 처벌했어. 대부분 외딴 섬으로 유배되었지."

"어. 나쁜 관리도 처벌했다는 이야기는 몰랐네. 당시 왕은 비교적 제대로 된 사람이었던 모양이야."

"명분에 불과할지라도 일단 조선왕조는 덕을 통한 통치를 표방했기 때문이지. 결국, 민란은 진압해도 탐관오리를 처벌했기 때문에 민란으로 백성의 생활이 구원되었다는 측면도 있다는 거야. 그러나 이번 미군정은 조선왕조보다도 훨씬 못해. 덕 같은 건 손톱만큼도 없지. 3·1 발포 사건의 처벌만 봐도 명확해. 어째서 소동이 커졌는지 원인에 대한 반성은 전혀 없이. 그저 힘으로 뭉개려 할 뿐이야."

거기서 말을 끊은 조환은 담배 연기를 크게 뱉은 뒤 덧붙였다.

"제9연대가 변수가 될지도 모르지."

"뭐?"

"너희 그 연대장 말이야. 경찰 놈들처럼 썩어빠진 것 같지 않아서 말이야. 경비대가 경찰을 막아준다면…. 어려울 거라 생각은 하지만 일말의 기대를 걸어볼 가치는 있을 것 같다. 그런 의미에서 너희의 역할이 커."

"내가 뭘 하면 될까?"

"별다른 거짓말을 할 필요는 없어. 너희가 경험한 일, 서청과 경찰의 악행을 있는 그대로 연대장에게 전하면 돼."

"그런 일이야 식은 죽 먹기지."

용두암 쪽을 보며 조환이 혼잣말을 중얼거렸다.

"미국 본국에서 어떤 태도를 보일지…. 국제연합(UN)도 뒤숭숭한 것 같던데…."

"무슨 일로?"

"아니 연대장이 열심히 한다 쳐도 그 위가 말이지. 근데 이야기가 거기까지 흐르면 너한테는 너무 어려워져. 신경 쓰지 마. 그럼 오늘은 이쯤에서 헤어지는 거로 할까? 평소처럼 한잔하고 싶은데 너도 알다시피 손이 열 개라도 모자를 정도로 바빠서 말이야. 이 사태가 일단락되면 느긋하게 한잔하자. 알겠지? 연대장을 위해 열심히 일해. 어떤 의미에선 제주도의 운명은 너의 어깨에 달려있다고."

헌창의 어깨를 툭툭 친 후, 조환은 그대로 언덕을 올라갔다.

3장

관전

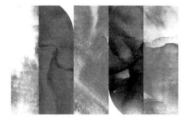

1

　운전병과 두 명의 호위병, 김익렬을 태운 지프가 일주도로를 북상하고 있었다. 경찰의 토벌 양상을 관찰하기 위해서였다.

　4월 3일 새벽 지서 습격의 대략적인 전모가 밝혀지기 시작했다. 이날 제주도의 24개 지서 중 제1구(제주) 경찰서 관내 화북, 삼양, 조천, 세화, 외도, 신암, 애월, 한림과 제2구(서귀포) 경찰서 관내 남원, 성산포, 대정 등 11개 지서가 공격을 당했다.

　지서를 습격한 폭도의 수는 대략 수십 명 정도였지만 백 명이 넘는 부대의 습격도 있었다. 폭도의 무기는 기껏해야 옛 일본군의 99식 소총 한두 자루 정도였고 나머지는 낫이나 죽창, 곤봉 같은 매우 빈약한 것들이었다.

　그러나 습격을 예상하지 못했던 경찰은 당황하여 거의 저항조차 하지 못하고 우왕좌왕 도망칠 뿐이었다.

　폭도는 경찰지서를 점령해 잡힌 마을 사람들을 풀어주었고 카빈총과 같은 최신식 무기와 탄약을 탈취해 유유히 사라졌다.

　지서 습격과 함께 도민들의 원한을 샀던 우익인사도 습격당해 몇 명이 살해당했다.

남로당의 무장부대가 습격에 가담한 것은 사실이었지만 평범한 도민이 대다수였던 점 역시 사실이었다.

이 일은 휴가 명목으로 자신의 마을로 돌아갔던 제주도 출신 병사들의 보고에서도 사실이 확인되었다. 폭동의 원인은 경찰과 서청의 악행이었다. 3월 들어 발생한 세 건의 고문치사 사건이 불에 기름을 붓는 결과로 이어졌다.

지서 습격 당시 평소 거만하게 굴었던 경찰과 서청이 거의 저항하지 않고 물러났다. 기세가 올라간 습격부대가 상식을 벗어난 몇 가지 잔학행위를 한 것도 사실이었다.

그러나 미군정에서 강력한 입지를 구축한 경무부장 조병옥은 사태의 원인이 경찰에 있다는 사실을 인정하려 하지 않았다. 4월 6일 기자회견에서 조병옥은 다음과 같이 말했다.

> 지난 4월 3일 이래 제주도에서는 1947년 3·1 사건 이상의 불상사가 발생되어서 치안이 극도로 교란되었다. 공산계열의 파괴적·반민족적 분자들의 지도하에 총기, 수류탄, 기타 흉기를 휴대한 무뢰배들이 성군작당(成群作黨)하여 경찰관서 및 기타 관공서를 습격, 경찰 관리 및 그 가족의 살해, 선량한 동포 살해, 방화, 폭행과 납치 등의 천인공노할 만행을 자행하여 전 도의 동포들의 생명과 재산을 위구에 빠뜨리고 있을 뿐 아니라 총선거 등록 실시 사무를 정돈 상태에 빠뜨리고 있는 인적·물적 손해는 다음과 같다. 경찰관서 습격 11개소, 테러 11건, 경찰관 피습 2건, 경찰관 사망 4명·부상 7명·행

방불명 3명, 경찰관 가족 사망 1명, 관공리 사망 1명·부상 2명, 양민 사망 8명·부상 30명, 전화선 절단 4개소, 방화 경찰 관서 3개소·양민가옥 6개소, 도로교량 파괴 9개소. 그런데 경무부에서는 제주도의 치안 정세가 위급함에 비추어 전도 동포들의 생명과 재산을 보호하기 위하여 당부로부터 김정호 공안국장 및 그 대원을 특파하는 동시에 응원경찰대를 급파 하였다. 제주도의 동포 제위는 안심하시는 동시에 경찰과 적 극 협력을 하여 그 망국적 도배들을 발본색원적으로 퇴치하 여 제주 치안의 완벽을 기하기를 바라는 바이다.

사태의 원인이 경찰의 실책임을 일절 인정하지 않고 외부 - 공 산 계열의 선동임을 강조하며 힘으로 진압하는 자세를 선명히 드 러냈다.

원인이 경찰과 서청의 악행임이 밝혀지면 조병옥의 지위도 위 태로워질지 모른다. 이 사태를 빠르게 수습하지 못하면 조병옥의 위신이 크게 손상되어 정치적 거취 문제로 이어질 가능성도 있다.

보신을 위한 피의 탄압이다.

조병옥은 공안국장 김정호를 제주도 폭동 토벌 사령관으로 임 명하고 많은 병력의 경찰 투입을 결정했다.

예상된 일이었지만 조병옥의 결정을 들은 익렬은 자신도 모르 게 탄식했다.

이걸로 표면적인 평온은 찾을 수 있을 것이다.

그러나 제주도민의 원한은 깊이 가라앉아 언제 폭발할지 모르 는 기분 나쁜 마그마가 되어 계속 부글부글 끓어오를 것이 틀림없었다.

조병옥은 3·1 발포 사건 당시와 같은 잘못을 저지르려 하고 있다. 그때 경찰의 잘못을 인정하고 도민을 위한 해결을 도모했었다면 사태가 여기까지 악화될 일은 없었다.

익렬은 폭동 사건 직후, 전순기 대위를 긴급전령으로 임명해 서울로 보냈다. 경비대 총사령관 송호성에게 보고하는 동시에 이 사태에서 제9연대가 어떤 행동을 취해야 하는지 지시받기 위해서였다.

사태가 어떻게 돌아갈지 예측할 수 없었기에 탄약과 그 외 보급물자의 긴급보충이 필요했다.

동시에 각 경비대 총사령부의 참모부를 방문해 제주도 사태를 어떻게 생각하는지 정보를 수집할 것을 명령했다.

사흘 후 돌아온 전 대위가 전달한 총사령부의 명령은 다음과 같았다.

① 제주도 폭동 사건은 치안 사항이며 경찰의 책임 사항이기 때문에 상부의 명령이 있기 전까지 절대 행동해서는 안 된다.
② 경비대는 머지않아 국군의 모체가 되므로 국민의 신망과 존경을 받아야만 한다.
③ 제9연대의 행동은 장래 경비대의 운명을 좌우하는 문제이기 때문에 연대장의 경솔한 판단과 개인적 공명심으로 경거망동해서는 안 된다.
④ 명령 없이 행동하면 엄벌에 처한다. 훈련에 전념할 것.
⑤ 탄약의 지급은 없다.
⑥ 경비대 총사령부의 명령은 미군정과 군사고문에게는 비밀로

할 것.

전 대위에 의하면 군대는 국토방위를 위해 존재하며 외적과 싸우는 조직이기에 경찰의 소관인 폭동 진압 참여는 도리에 어긋난 행위라는 것이 경비대 총사령부 장교들의 일반적 생각이라 한다.

총사령부의 명령을 받은 익렬은 솔직히 안심했다. 제9연대는 전투에 투입될 상태가 아니었기 때문이다.

전투훈련은 초보 단계이며 연대라고는 하지만 실제 병력은 대대 한 개 정도에 불과했다.

제주비상경비사령부 사령관으로 섬에 온 경무부 공안국장 김정호는 빠른 시일 내에 폭도를 진압하겠다고 호언장담했다. 실제로 응원경찰대가 급파되어 각 지서의 방어가 강화된 후 지서 습격도 뜸해졌다.

경찰은 남로당 무장대의 규모가 수백에서 수천까지 이른다고 선언했지만, 이는 자신들의 책임을 호도하기 위한 과장이었다.

제9연대가 독자적으로 수집한 정보에 의하면 그 인원은 크게 잡아도 이백에서 삼백 명 정도였다.

육지에서의 봉기라면 다른 지역에서의 증원도 기대할 수 있지만, 절해고도 제주에서는 있을 수 없는 일이었다.

또한, 장비도 경찰대와 비교조차 되지 않는다. 애초에 바다에서 건진 옛 일본군 99식 소총만 소량 있었을 뿐 현재 경찰에게 약탈한 카빈총이 있긴 하지만 탄약의 보급이 없다. 곧 탄약 부족으로 곤경에 처할 것이다.

익렬 자신도 며칠 안으로 무장대의 주력이 진압될 것으로 예상했다.

그러나 실제 토벌전이 시작되니 성과가 나오지 않았다. 오히려 토벌대 쪽이 밀리는 상황이었다.

도대체 어떻게 된 것일까.

이를 확인하는 동시에 남로당 무장대의 작전, 교전법을 간파하기 위해 실제 전투를 볼 필요가 있다고 판단하여 지프를 타고 전장으로 향하던 중이었다. 정보주임 이윤낙(李允洛) 중위는 현지에 먼저 도착해 있었다.

총성이 들려왔다.

그러나 격전 중인 분위기가 아니었고 상당한 격차를 두고 빵, 빵 하는 소리만 들릴 뿐이었다.

일주도로에서 벗어나 중산간지대로 지프를 타고 들어갔다.

오른쪽 오름 정상 부근에 사람 그림자가 보였다. 이윤낙 중위 일행일 것이다.

오름의 기슭 쪽에 지프를 세운 뒤 운전병을 남겨두고 호위병 두 명과 경사를 올라갔다. 작은 오름이기에 정상까지는 10분도 걸리지 않는다.

경례하며 맞이하는 이윤낙 중위에게 익렬이 물었다.

"어떤 상태인가?"

가볍게 고개를 끄덕인 윤낙이 대답했다.

"일단 봐주십시오."

익렬은 쌍안경을 손에 들었다. 바다 쪽, 익렬을 기준으로 왼쪽에 토벌대가 진을 치고 있었고 산에는 무장대가 전개하고 있었다. 일대는 밭에서 제주도 특유의 돌담에 둘러싸여 있다. 쌍방이 돌담 그늘에서 서로 총을 쏘고 있었다.

쌍안경을 보며 익렬이 말했다.

"끔찍하군. 병력은?"

"150입니다"

"저쪽 병력은?"

"확실히 알 수 없지만 겨우 50 정도입니다."

"세 배나 되는 병력으로 이 꼴인가? 저 부대를 봐. 옆이 텅 비었
잖아."

윤낙이 끄덕였다.

"저 돌담까지 진출하면 십자포화를 받을 것입니다."

"팔로군의 맹자가 전투 지도를 한다는 소문이 돌던데 근거 없
는 소리라는 것은 명백하다. 그런 남자가 이 약점을 모를 리가
없겠지."

"팔로군에 관해서는 잘 모르겠지만 폭도 측도 병력이 부족해
좀처럼 진출하지 못하는 모양입니다. 확실히는 알 수 없지만 아까
부터 어떻게든 움직이려고 무언가 열심히 하고 있는 것처럼 보입
니다."

"그런데 병기(兵棋) 연습이라면 딱 봐도 이쪽이 패하는 포진이
지 않나. 도대체 뭘 하고 있는 거지?"

바다 쪽에 포진한 토벌대는 세 개 부대로 나뉘어 있었지만, 각
각 작게 뭉쳐 움츠러들고 있었다. 늑대의 습격이 두려워 굳어있는
토끼 무리 같았다. 반대로 무장대는 쭉쭉 나아가고 있었다. 교과서
이론에서나 볼법한 산병선(散兵線)이 그어져 있었다.

"급히 파견된 응원경찰은 군사훈련조차 제대로 받지 못한 모양

입니다. 지휘계통도 정리되지 않은 것 같고…"

"이젠 이길 수 있는 싸움도 이길 수 없겠어."

"거의 한 시간이나 저렇게 서로 총을 쏘고 있지만, 토벌대는 한 걸음도 전진하지 못하고 있습니다. 오히려 폭도 쪽이 서서히 거리를 좁혀오고 있습니다."

"세 배나 되는 병력이 있다. 한 부대가 우회하여 적의 배후를 공격하면 쉽게 승리할 수 있지 않나. 그런 지혜도 없는 것인가."

"저라면 세 배의 병력을 활용해 적을 포위해 섬멸하는 작전으로 갈 겁니다."

익렬이 히죽 웃었다.

"대담한 작전이구나. 하지만 경찰의 토벌이 이래서야. 제9연대가 전면에 나서야 할지도 모르겠군. 슬슬 물러날까. 이런 건 봐봤자 아무 소용없다."

오름을 내려가는 익렬을 윤낙이 잡았다.

"잠시만 기다려보십시오. 저쪽을 보십시오. 폭도의 왼쪽이."

윤낙이 가리키는 방향을 보았다.

무장대의 좌익이 움직이기 시작했다.

정면의 격렬한 엄호사격 속에서 과감히 전진했다. 눈 깜빡할 사이에 토벌대 옆의 돌담을 확보했다. 익렬이 조금 전 지적한 돌담이었다.

십자포화를 당한 토벌대는 당황해 도망쳤다. 보고 있으니 어처구니없을 정도로 당황스러웠다. 총을 던지고 도망가는 사람도 있었다. 아마 탄약도 버려뒀을 것이다.

우익의 부대가 도망치자 다른 부대도 동요하기 시작했다.

많은 사람이 우르르 도망가기 시작했다.

전군 붕괴다.

이로써 또다시 대량의 무기와 탄약을 무장대에게 선물하고 말았다.

"어이가 없어 말이 안 나온다는 게 이런 거군."

빼앗은 카빈총을 손에 들고 의기양양하게 가는 무장대를 내려다보며 익렬이 중얼거렸다.

미국산 최신 무기로 무장하고 세 배의 병력을 자랑하는 경찰진압대가 산속 무장대와 중산간에서 대치해 무참히 궤멸당하는 모습을 목격한 후, 김익렬은 이윤낙을 동반해 제주읍으로 향했다.

제주도 군정장관이자 제9연대 군사고문인 맨스필드와의 면담을 위해서였다.

중산간지대를 벗어나 일주도로로 진입했다. 왼쪽에는 바다, 오른쪽에는 초원이 펼쳐져 있었다. 지프는 북쪽을 향하고 있었다.

아무도 입을 열려 하지 않았다.

경찰진압대가 저런 상태라면 언젠가 제9연대에 진압 명령이 내려올 것이 분명했다.

그러나 그건 간단한 일이 아니었다. 산속 무장대는 무기는 빈약했지만 사기가 높았다.

지금 제9연대의 힘으로 가능할까. 병력도 훈련도 장비도 모든 것이 부족했다.

그보다 더 큰 문제는 산속 무장대가 동포인 점이었다.

경비대는 독립 후 국군이 되어야 할 조직이었다.

조국을 침략하는 외세와 싸우기 위한 조직인 것이다.

그런 경비대가 동포에게 총을 겨누는 것이 허용되는 걸까.

무거운 침묵을 깨고 이윤낙이 입을 열었다.

"군정장관과 만나기 전에 만났으면 하는 인물이 있습니다."

익렬이 고개를 들었다.

"누구지?"

"장시영(張時英)이라는 의사입니다."

"의사?"

"김용철을 검시했던 남자입니다."

그 이름을 듣고 익렬은 장시영이란 의사의 보호를 명했던 사실을 상기했다.

김용철은 약 한 달 전, 조천 지서에서 의문사한 학생이었다. 경찰은 지병에 의한 돌연사라 발표했지만, 검시의가 고문이 사인이란 감정서를 제출하며 큰 소동이 벌어졌었다. 4월 3일 봉기의 발단으로도 전해지는 사건이었다.

장시영은 감정서를 제출한 직후, 부산으로 피난했다가, 이번에 공무로 어쩔 수 없이 제주도로 돌아왔다. 제주에 돌아오기 전 김용철의 검시를 의뢰했던 채용병(蔡龍秉) 검사에게 신변 안전보장을 의뢰했지만 채 검사 역시 경찰의 횡포를 완전히 막을 수 없다고 판단해 제9연대에 신변보호를 의뢰했다. 그 의뢰를 받아 익렬이 신변보호를 명한 것이었다.

검사조차 경찰의 횡포를 막을 수 없었다.

이것이 현 제주도의 실태였다. 경찰의 포악한 행위에 관한 수많은 보고를 받았다. 이를 통해 경찰 간부가 사욕을 채우고 있다는 증거도 있었다. 경찰 간부뿐 아니라 미군정청 미국인 장교도 한몫

거들고 있는 것이 틀림없었기 때문에 사태는 매우 심각했다.

4월 3일의 봉기를 경찰은 폭도로 몰아 무력으로 진압하려 하고 있었다.

과연 그들은 폭도인가.

익렬은 살짝 고개를 저었다.

경찰의 횡포에 맞서 자기방어를 위해 일어선 제주도민, 수많은 보고에서 그런 측면이 드러나고 있음을 부정할 수 없다고 익렬은 생각했다. 경찰은 자신들의 악행이 드러나는 것이 두려워 제주도민을 폭도로 몰았을 가능성이 있었다.

돌담에 꿩이 서있는 것이 보였다.

그러나 오늘은 누구도 꿩에게 주의를 기울이지 않았다.

담배에 불을 붙이고 연기를 내뱉으며 익렬이 말했다.

"일련의 사태를 이해하기 위해서라도 그 의사의 이야기를 들어볼 가치가 있어 보이는군. 사건의 개요를 설명해 주게. 사건이 일어난 게 정확히 언제지?"

"김용철이 조천 지서로 끌려간 것이 3월 4일, 사망한 것은 이틀 후인 6일입니다."

"학생이라 했지?"

"조천중학원 2학년, 스물한 살이었습니다. 경찰은 이 조천중학원을 빨갱이소굴로 간주하고 교사와 학생을 대량으로 연행해 고문하고 있었습니다."

"사상교육이라도 했나?"

"아닙니다. 저희 조사에서 그런 흔적은 발견되지 않았습니다. 조천중학원의 개교는 1946년 봄으로, 현지 유력자가 자금을 각출

했으며 교사 대부분은 무보수로 근무했다고 합니다. 해방 직후, 제주도 각 면에서 중학원이 잇따라 개교했습니다. 이들은 행정지원을 통한 학교가 아닌 지역주민의 자발적 노력으로 건설되었습니다. 조국이 해방됐기 때문에 우선 교육이 필요하다는 열기에서 개교했다 들었습니다. 조천중학원도 그런 학교 중 하나였습니다."

익렬은 고개를 끄덕였다.

해방 직후, 희망으로 가득한 조국에 필요한 것은 교육이란 생각으로 전국에 많은 학교가 세워졌다. 그 열기를 익렬은 생생하게 기억하고 있다. 불과 2, 3년 전 이야기였지만, 꽤 옛날 일처럼 느껴졌다. 그 순수한 열의는 어디로 가버렸단 말인가. 해방되었을 조국이 어째서 이런 꼴이 되었단 말인가. 그걸 생각하니 가슴이 아팠다.

윤낙이 말을 이었다.

"인쇄된 교과서가 없어 교사가 매일 인쇄한 종이를 나눠주었다고 합니다. 그걸 제대로 모으면 한 권의 교과서가 된다고 합니다. 다섯 개 반에 이백 명 정도 학생이 있었다고 하는데 지금은 교사 대부분이 경찰에 쫓겨 거의 휴교 상태입니다. 과거에는 활기 넘치던 학교였지만 3·1 발포 사건 이후, 육지에서 경찰관이 대량으로 제주로 오면서 일변했다고 합니다. 경찰에게 찍힌 교사 중에는 그대로 산으로 들어가 현재 무장대의 중심이 된 남자가 있다는 이야기도 있습니다. 육지 경찰관이 오기 전에는 그 남자를 포함해 조천중학원 교사들과 지서 경찰관이 함께 술을 마시는 분위기였다고 합니다."

제주도민의 80%가 빨갱이라는 편견에 완전히 빠진 육지 출신 경찰관에게 중학원 교사 같은 제주 출신 지식인은 전형적인 빨갱이로 보였을 것이다. 조천중학원의 교사들과 육지 출신 경찰 사이에서 무슨 일이 일어났는지 상상하기는 어렵지 않았다.

윤낙의 이야기는 계속되었다.

"결국 조천중학원의 교사와 남학생 대부분이 몸을 숨겨야 했다고 합니다. 육지나 멀리 일본으로 간 사람도 있겠지만 산으로 들어간 사람도 많을 거라 생각됩니다. 산으로 들어가면 반드시 무장대에 들어가는 것은 아니겠지만, 적어도 무장대에 상당한 동정을 느낄 것은 분명합니다. 산으로 들어간 여학생도 몇 명 있다고 합니다. 이 조천중학원의 모습이 현재 제주도 사태를 상징한다 생각합니다. 경찰의 강압적 탄압이 보통 사람들을 산으로 내몰고 있는 것입니다."

"그래서 김용철이란 사람은 어떤 학생이었나?"

"학교에서 지도자 격이었다는 이야기도 있지만 원래부터 몸이 약했던 것 역시 사실이라 합니다."

"흠. 지병에 의한 돌연사라는 경찰 발표가 전혀 근거 없는 이야기는 아니란 건가?"

"이 이야기는 장시영에게 들으시는 편이 좋을 것 같습니다."

"알겠다."

지프는 제주읍에 진입했다.

관덕정 앞 광장을 지나 그대로 산지항 쪽으로 향했다. 장시영은 항구 근처 여관에서 머물고 있다고 했다.

장시영이 있는 방 앞에는 두 명의 무장한 병사가 경호하고 있었다. 병사의 거수경례에 답하며 방으로 들어갔다.

장시영은 짙은 눈썹이 인상적인 보통의 키와 적당한 몸집의 남자였다.

대충 인사를 한 뒤 익렬은 단도직입적으로 질문했다.

"김용철의 검시를 하게 된 경위를 설명해 주십시오."

담배에 불을 붙인 뒤, 천천히 연기를 내뿜으며 장시영이 입을 열었다.

"조천 지서의 유치장에서 피의자가 급사한 사건 직후, 검찰청의 채용병 차장검사가 검시의로 저를 지명했습니다. 그런데 경찰은 보험후생국장인 송한영(宋漢榮)을 강력추천해 한바탕 말썽이 있었습니다."

"송한영이란 사람은 어떤 인물입니까?"

"이북 출신입니다. 현재 제주경찰의 주요보직은 모두 이북 출신이 차지하고 있습니다. 제주경찰서장 문용채는 평안남도 출신이고 수사과장 성범용(成凡用) 역시 같은 평안남도입니다. 사건을 일으킨 조천 지서의 조한용(趙漢龍) 지서장은 어디인지 정확히 기억나지는 않지만 역시 이북 출신입니다. 이런 상황에서 송한영이 검시를 한다면 어떤 결과가 나올지 뻔했습니다. 채 검사는 객관적 조사를 명분으로 저를 검시의로 지명한 것을 양보하지 않았습니다. 경찰 간부가 아무리 힘을 써봤자 검사가 승낙하지 않으면 방법이 없었습니다. 결국 제가 담당하게 됐고 경찰의 사이드카를 타고 조천 지서로 향했습니다."

"김용철의 시체는 어땠습니까?"

"온몸이 새까만 멍으로 덮인 심각한 상태였습니다. 상당히 심한 구타를 당한 것이 틀림없었습니다. 그러나 제 목적은 사인 규명이기 때문에 구타 흔적만으로는 결론을 낼 수 없었습니다. 사체를 검시하려 했을 때 곧바로 두부에 피하출혈 상처가 있는 것을 알아차렸습니다. 곧바로 두부 쪽을 해부하려 했지만, 송한영이 저지했습니다."

"송한영도 같이 있었습니까?"

"입회하고 있었습니다. 해부하려는 저의 앞을 가로막고 김용철의 병력(病歷)을 설명하기 시작했습니다. 주변에 경찰 몇 명이 입회하고 있어서 상당히 험악한 분위기였습니다."

"김용철의 병력이라는 건?"

"상당히 자세히 알고 있어 저도 놀랐습니다. 사전에 김용철이 다니던 병원에서 진료기록을 조사한 것 같습니다. 송한영의 이야기에 의하면 김용철은 원래 늑막과 폐가 안 좋았고 맹장수술을 받은 적도 있다고 합니다."

"맹장수술? 그게 사인과 관련이 있습니까?"

"이미 완치된 상태였기 때문에 전혀 관계가 없었습니다."

"늑막과 폐는?"

"그게 악화되어 사망하는 경우가 있긴 하지만 급사의 원인으로 보기에는 어려웠습니다."

"그렇다는 것은 두부의 해부가 관건이겠군요. 그래서 해부는 하셨습니까?"

장시영은 고개를 저었다.

심호흡이라도 하듯 깊게 담배를 빨아들인 뒤, 후하고 내뱉었다.

"도저히 할 수 있는 분위기가 아니었습니다."

"그렇다면 그대로 검시가 끝났습니까?"

"아니요. 송한영은 늑막과 폐, 맹장을 확인할 것을 집요하게 강요했습니다. 늑막이 악화되어 사망했다는 감정서를 쓰도록 암암리에 강요한 것입니다. 어쩔 수 없이 그 부분에 메스를 댔습니다. 맹장은 완치되어 있었고 아무 문제도 없었습니다. 늑막에는 물이 고여 있었습니다. 상태가 악화된 것은 사실이었지만 그게 사인이 될 수는 없었습니다. 그날은 그대로 끝났습니다. 저녁에 병원에 돌아와 어떻게 감정서를 써야 할지 고민했습니다. 늑막이 사인이라고는 도저히 쓸 수 없었습니다. 두부 손상이 치명상이라는 심증은 있었지만 확인하지 못했습니다. 글을 도저히 쓸 수 없어 망설이고 있을 때 전화가 울렸습니다. 유족에게 걸려온 것이었습니다. 감정서를 정확히 써주었으면 한다는 정중한 부탁을 받았습니다."

거기서 말을 끊은 장시영은 테이블에 있는 컵을 들고 물을 한 모금 마셨다. 익렬은 장시영이 입을 열기만을 가만히 기다렸다.

"다음 날, 미군 경찰고문에게 호출을 받았습니다. 유족에게 이야기를 들었는지 아니면 다른 곳에서 정보를 입수했는지는 모르겠습니다. 어쨌든 그는 김용철의 사인을 상세히 질문했습니다. 제가 아는 선에서 사실을 말했습니다. 그러자 "어째서 해부를 정확히 하지 못했나?" 하고 힐난했습니다. 저는 많은 경찰관이 입회한 상황에서 제 의지대로 행동할 수 없었던 것을 설명했지만 그 부분을 잘 이해하지 못한 것 같습니다. 그래서 제대로 된 검시가 진행되지 않은 것을 확인하고 그 자리에서 다시 한 번 검시하란 지시를 받았습니다."

미군 경찰고문의 지시가 있으면 경찰도 거부할 수 없었다. 익렬은 솔깃해졌다.

"조천 지서를 재방문한 것은 이틀 후였습니다. 처음 검시할 때는 아무도 몰라 조용했었지만, 이날은 해부 사실이 널리 알려져 인산인해를 이루었습니다. 때마침 그날은 조천에 장이 열리는 날이기도 했습니다. 어쨌든 큰길에 셀 수 없을 정도로 많은 사람이 모여 우리를 기다리고 있었습니다. 특히 여성들은 "제대로 사인을 규명하라"라고 마치 협박이라도 하듯 외치고 있었습니다. 그 광경이 지금도 눈에 선합니다.

한 명의 사망자를 두 번이나 임검(臨檢)하는 것은 극히 이례적인 일입니다. 저도 이때가 처음이었습니다. 그리고 이날은 제대로 해부를 했습니다. 두부를 절개하자 예상대로 혈액이 응고되어 있었습니다. 두부 손상이 사인의 결정적 요인이 분명했습니다."

"그 자리에서 감정서를 작성했습니까?"

"아닙니다. 그렇게 간단한 문제가 아닙니다. 집에 돌아와 감정서를 쓸 준비를 하고 있었는데 조천리 유력자 몇 명이 찾아와 이런저런 회유를 하기 시작했습니다. 말투는 부드러웠지만, 절반은 협박이었습니다. 경찰지서에서도 특별히 선처를 요구하는 의뢰가 왔었습니다. 밤새 고민했습니다. 그러나 의사로서의 양심을 굽힐 수는 없다고 생각했습니다.

다음 날 아침, 저는 검찰청으로 갔습니다. 채용병 차장검사와 면회한 다음 소신껏 감정서를 쓰겠으니 신변안전보장을 부탁했습니다. 채 검사는 흔쾌히 응했습니다. 저는 '타박상에 의한 뇌출혈이 치명적 사인임을 인정한다'라는 내용의 감정서를 작성해 제출한 직후, 부산으로 떠났습니다."

거기까지 이야기한 장시영은 깊은 한숨을 내쉬었다.

익렬은 일어나 장시영에게 가볍게 인사하며 말했다.

"선생님은 훌륭한 분입니다."

장시영은 고개를 저으며 쓴웃음을 지었다.

"몇 번이나 좌절할 뻔한 한심한 남자입니다."

"그렇지 않습니다. 선생님은 해내셨습니다."

지프로 돌아오며 윤낙이 투덜거리며 말했다.

"제주도민의 분노가 폭발하는 것도 당연합니다."

익렬은 윤낙의 얼굴을 보며 고개를 끄덕였다.

2

김익렬은 연대 본부 연대장실 책상에서 속에서 끓어오르는 분노를 어떻게든 잠재우려 했다.

책상 위에는 몇 장의 사진이 놓여 있었다.

경찰의 토벌 작전은 실패로 끝났다.

당연한 결과였다. 경찰 간부는 자신의 공명심과 권세만 고집하다 준비조차 제대로 하지 않았다. 정보 수집에 게을렀고 훈련이 부족한 응원경찰대를 전선에 내보냈다.

토벌대는 남로당 무장대가 원하는 대로 움직였으며 결과적으로 무기, 탄약만 제공했을 뿐이었다.

무장대의 무장은 날로 강화되어 토벌대의 패퇴가 이어졌다.

토벌전이 시작되고 일주일도 되지 않아 토벌대는 무장대의 기세에 눌려 제주읍 수비에 급급한 형국이 되었다.

며칠 내로 폭도를 토벌하겠다고 호언장담하며 섬에 온 김정호 사령관의 권위는 땅에 떨어졌다.

그리고 모든 방법을 다 쓴 토벌대가 하필이면 초토작전을 실행했다.

일본군이 만주와 화베이(華北)에서 실시했던 작전이다.

일본군은 중공군의 게릴라전법에 시달렸다.

고전 원인은 게릴라가 민중의 바다에 용해되었기 때문이었다. 일본군은 게릴라와 민중을 구분하지 못했다. 게릴라를 공격해도 그들은 민중 속으로 숨어서 도망쳤다. 반대로 무고한 민간인이라 생각했던 민중은 갑자기 무기를 들고 송곳니를 드러냈다.

그때 일본군은 게릴라가 헤엄칠 수 있는 '바다'를 바싹 말리는 작전에 나섰다. 게릴라에 협력한다고 간주한 마을을 초토화하는 것이었다. 주민은 남녀노소를 불문하고 몰살했고 가옥을 불태웠다.

마을을 초토화하면 게릴라도 씨가 마른다.

그러나 이와 같은 잔인한 행위를 자행한 군대는 국민의 원망을 받는 대상이 된다.

더욱이 포로의 학대가 금지된 근대 전쟁에서는 초토작전 같은 민간인 학살이 허용될 리 없었다. 초토작전을 명령한 사령관은 전범으로 처벌받는다.

경찰의 최고책임자 조병옥과 토벌 사령관 김정호가 이 초토작전의 실행을 명령한 것이다.

외국인에게 초토작전을 하는 것도 허용할 수 없는 일이지만 그들은 동포에게 실행을 명한 것이다.

이 작전은 조천면과 애월면의 산간마을을 대상으로 극비리에 실행되었다. 제주도 미군정 장관도 제9연대의 정보부도 전혀 알지 못했다.

그러나 비밀은 누설되는 법이다.

인접한 마을주민들로부터 소문이 퍼졌다.

처음 그 이야기를 들었을 때 익렬은 믿지 않았다. 아무리 악랄한 경찰이라도 무고한 도민을 학살하는 일은 있을 수 없다고 생각했다. 그러나 소문의 출처가 한두 곳이 아니었다.

익렬은 진상규명을 위해 척후대 파견을 명했다.

조금 전 정보 주임 이윤낙 중위가 화공(火攻) 당한 마을의 사진을 들고 와 보고했다.

의심의 여지가 없었다.

토벌대가 화공을 한 것이었다.

조병옥!

김정호!

중얼거리며 익렬이 일어섰다.

주먹을 있는 힘껏 책상에 내리쳤다.

놀란 당번병이 얼굴을 내밀었다.

"무슨 일이십니까?"

고개를 들지 않고 익렬이 답했다.

"아무것도 아니다."

당번병이 나갔다.

익렬은 무너지듯 의자에 앉았다.

3

'제주도민의 90%는 산사람을 지지하고 있다.'

정보 주임 이윤낙 중위의 보고였다.

그 보고가 맞다는 것은 김익렬도 인정하고 있었다.

남로당은 이번 봉기 때 살포한 전단지에서 '매국 단일선거 단일 정부에 결사반대하며 조국의 통일 독립과 완전한 민족 해방을 위한' 투쟁이라 선언하며 이 투쟁을 '반미구국 투쟁'으로 규정했다.

그러나 제주도민이 이런 정치적 강령에 찬성의 뜻을 보이지는 않았다. 그보다 정치적 문제를 제대로 이해하는 도민들이 거의 없었을 것이다.

제주도민에게는 조선왕조 정부도 일제도 외부에서 나타나 자신들을 지배하려는 놈들이라는 점에서 똑같은 존재일 것이다. 일제의 패배 이후 찾아온 미군정도 마찬가지다.

남조선만의 단독선거가 조국 분단을 초래한다고 호소한다면 그건 독립한 조국은 통일된 것이 좋다는 단순한 수준의 사고이며 단독선거 단독정부에 반대를 표명하는 정도이다.

도민이 산사람을 지지하는 것은 남로당이 '탄압에는 항쟁이다'라는 선언으로 경찰, 서청과 싸우고 있기 때문이다. 경찰과 서청의 극악무도한 행위가 도민을 산사람들을 지지하도록 만든 것이다.

게다가 경찰토벌대가 비밀리에 실행한 초토작전이 도민 대부분을 산으로 내몰았다.

초토작전의 소문을 들은 중산간 마을주민들이 잇따라 산으로 도망친 것이다. 마을에 남으면 몰살당할지 모르니 당연한 행동이었다.

산이 아닌 해안가로 피난 가는 사람은 거의 없었다.

중산간 마을에서 해안가 마을로 피난 가면 무장대와의 관계를 의심받아 서청과 경찰이 귀찮게 할 수 있기 때문이다.

산으로 도피한 도민 중에는 무장대에 가담한 인물도 있을 것이다. 경찰토벌대의 무기, 탄약, 보급품을 탈취한 무장대의 세력이 날로 강화되었다.

경찰에 의한 토벌은 실패했다.

그리고 제9연대가 폭동 진압에 동원되었다.

경비 총사령관은 제주도 군정장관 맨스필드의 명령에 따를 것을 지시했다.

제9연대의 병력만으로는 우려되어 부산 제5연대 소속 진해 주둔 1개 대대가 제9연대로 배속되었다.

탄약과 장교도 보충되었다.

제주도의 운명이 김익렬에게 달린 것이다.

4

김익렬은 관덕정(觀德亭) 정면에 서서 웅장한 건물을 올려다보았다. 세종 30년(1448)에 지어진 관덕정은 제주도에서 가장 오래

된 건물 중 하나이다. 제주목 관아(濟州牧官衙)의 정면에 위치해 제주도를 상징하는 건물이기도 했다.

관덕정 옆을 빙 돌아 뒤편의 미군정청으로 향했다. 인접한 경찰서 주변에는 무장한 경관이 늘어서 엄격한 경호를 하고 있었다.

작년(1947) 3월 1일, 경찰서 앞에 포진한 응원경찰대의 발포로 이곳에서 여섯 명의 도민이 죽음을 맞이했다.

응원경찰대는 3·1 기념절 데모대 통과 직후에 발포했다. 희생된 사람은 데모 참가자가 아닌 데모를 구경 온 군중이었다.

익렬은 뒤를 돌아보았다. 식산은행 등 건물이 줄지어 있었다. 희생자는 관덕정 맞은편, 식산은행 앞과 그 옆 골목에 쓰러져 있었다고 한다.

경찰은 데모대가 경찰서를 습격하려 해 방어를 위해 어쩔 수 없이 발포했다고 발표했다.

그러나 희생자가 쓰러져 있던 장소 확인만으로도 경찰의 발표가 거짓이었음이 명백해졌다.

이 3·1 발포 사건이 현재 제주도 소동의 시작이었다. 이 당시 제대로 대응만 했다면 아무 일도 생기지 않았을 것이다.

단추가 잘못 끼워진 것은 이때부터였다. 그것을 바로잡지 않은 채 지금 또다시 많은 피가 흐르려 하고 있다.

더는 동포의 생명을 희생시켜서는 안 된다고 결의를 다지며 익렬은 미군정청의 건물로 들어갔다.

안내를 부탁해 제주도 군정장관 맨스필드의 방에 들어갔다.

맨스필드는 웃는 얼굴로 맞이했다.

경례한 뒤 커다란 군정장관 책상 앞에 앉았다. 집게손가락으로 책상을 똑똑 두드리며 맨스필드가 입을 열었다.

"드루스 중위와 면식이 있는 것 같더군."

폭도 토벌을 제9연대가 담당하기에 앞서 연대장 김익렬의 전속 군사작전 고문으로 드루스 중위를 파견하겠다는 연락을 받았다. 드루스 중위는 태평양 여러 섬에서 일본군과의 실전 전투 경험이 많은 군인이었다.

"광주 제4연대 정보참모 근무 당시 군사고문이 드루스 중위였습니다."

"잘됐군. 셋이서 이 난국을 극복해야 하니까."

익렬의 영어는 아주 유창하지는 않았지만, 의사소통은 가능했다. 맨스필드와 오래 알고 지내 맨스필드의 발음 버릇을 알고 있었고 맨스필드 역시 익렬을 위해 명확하고 천천히 발음했기 때문에 통역은 필요 없었다.

우선 익렬은 지금까지 수집한 정보를 정리해 보고했다.

특히 폭동의 원인이 경찰과 서청의 폭력에 의한 것임을 강조했고 사태를 어떻게든 평화적으로 수습하고 싶다는 희망을 말했다.

고개를 크게 끄덕이며 맨스필드가 말했다.

"우선 자네에게 사과해야겠군. 폭동 발생 전 자네가 가지고 온 정보는 정확했어. 이후 우리 측에서도 독자적으로 조사했지만, 실정은 자네 보고와 같았네. 그때 제대로 대응했다면 사태가 이 지경까지 악화되지는 않았겠지."

폭동의 원인에 관한 인식은 일치한 것 같았다.

익렬은 자신의 의견을 강조했다.

"폭도 중에 과격분자는 겨우 이백에서 삼백 명 정도에 불과하며 대부분 부화뇌동한 사람들입니다. 우선 추종자들을 과격분자와 분리할 필요가 있습니다. 이를 위해 화평·귀순공작을 추진할 필요가 있습니다. 즉, 귀순하면 죄의 크기와 상관없이 용서하겠다는 관대한 포고를 발표하는 겁니다. 부화뇌동 무리를 과격분자에서 분리하는 데 성공하면 절반은 성공이라 할 수 있습니다. 과격분자만 남으면 진압은 쉬워집니다. 과격분자라도 살인, 폭행 같은 죄를 물어야 하는데 이 역시 법에 따라 엄정하게 할 필요가 있습니다."

"경찰의 치졸하기 짝이 없는 토벌로 사태가 악화되고 있다는 사실이 명백한 시점에 나도 귀순공작을 시도해 보았지만…"

말하면서 맨스필드는 서랍에서 한 장의 전단지를 꺼냈다. 귀순을 호소하는 군정포고문이었다.

"처음에는 제주도지사 유해진(柳海辰)을 교섭책임자로 임명했지. 그러나 이 남자, 폭도와의 회담 당일 병이 났다며 급히 도망쳐 버렸다네."

초대 제주도지사 박경훈(朴景勳)은 3·1 발포 사건에 항의하며 사표를 제출했다. 그 후임으로 제주도지사에 임명된 것이 유해진이였다.

유해진은 전북완주군 만석꾼 대지주의 아들이었다. 일제강점기에도 아무런 어려움 없이 자랐고 일본 유학 시절에도 영국인 가정교사를 두었다. 기차를 탈 때는 일등석을 고집하는 남자였다. 홋카이도에서 말을 사 승마를 즐겼고 일반 조선인은 본 적조차 없는 서양식 토스트를 주식으로 먹는 것으로 알려져 있다.

해방 이후에는 극우 정치가로 활동하고 있었다. 제주도 부임 당시 일곱 명의 서청단원을 호위 명목으로 달고 다녔다. 제주도에는 아무 연고도 없었으며 극단적 정치사상을 가진 이 남자가 3·1 사건 이후 제주도지사로 임명된 것도 문제의 악화 원인이었다.

"그래서 어쩔 수 없이 경찰의 토벌 사령관으로 김정호를 지명했지. 그런데 김정호도 무서웠는지 폭도와의 회담 당일 출장을 핑계로 서울로 가버렸어. 물론 군정장관인 내 허락도 받지 않고 말이야. 덕분에 비행기도 못 타고 민간인의 배를 조달했다는 이야기야."

김정호는 일제의 앞잡이로 동포들을 괴롭혔던 친일 경관이었다.

"세 번째는 경찰감찰서장 최천(崔天)이었는데 그 역시 회담 당일 갑자기 병이 났지. 네 번째는 이름조차 기억나지 않지만, 제주도 민족청년단 단장이었던 남자야. 그 남자는 몇 명의 서청단원과 함께 민족청년단 깃발을 들고 나갔지만, 폭도 대표가 나타나지 않았다고 보고했어. 그의 보고가 진짜인지 가짜인지는 모르지만, 공포 때문에 도중에 돌아온 게 진실이 아닐까 생각하고 있지."

거기서 말을 멈춘 맨스필드가 익렬의 얼굴을 보았다.

"자네가 다섯 번째인데 자네도 회담일에 일본으로 도망치는 건 아니겠지?"

그 말을 들은 익렬은 갑자기 맨스필드를 노려보았다.

맨스필드는 고개를 흔들며 미소를 보였다.

"조크일세. 나쁘게 생각하지 말게. 어쨌든 화평공작의 추진을 위해서는 민간인의 협력이 필요해. 그것도 도민에게 존경받는 인물이어야만 하고."

"어려울 겁니다. 이전에 경찰과 서청의 부정을 보고했을 때 도민 몇 명에게 증언을 요청했지만 모두 거절당했습니다. 경찰에게 무슨 일을 당할지 모르기 때문입니다. 농담이 아니라 생명까지 위험해집니다."

"그런 어려움은 이해하지만 어떻게든 극복해주길 바라네."

"애초에 경찰과 서청을 어떻게 하지 않으면 화평공작은 불가능합니다. 서청은 법에 근거해 엄하게 처단할 것, 당면 경찰을 제9연대의 지휘하에 둘 것, 최소 이 정도는 인정해주지 않으면 부화뇌동한 폭도조차 이해시킬 수 없을 것입니다."

"일련의 사태 원인이 경찰과 서청의 폭력 때문임은 잘 알고 있다. 어떤 식으로든 방안을 제시해야겠지. 구체적으로 어떻게 할지는 앞으로 검토해보지."

맨스필드는 책상 위의 담뱃갑을 열어 익렬에게 권했다. 익렬이 한 개비 집어 들자 주머니에서 지포(Zippo) 라이터를 꺼내 불을 붙여주었다. 강풍 속에서도 불을 붙일 수 있는 오일 라이터였다. 자신도 담배를 물고 불을 붙인 맨스필드는 심각한 표정으로 말하기 시작했다.

"유엔의 감시하에 남북 동시선거를 실시해 조선을 독립시키겠다는 결의안이 채택되었지만, 북한은 이를 거부했어. 이 때문에 5월에 남쪽만 선거를 하게 되어 준비를 진행되고 있지. 이 사실 역시 잘 알고 있을 것이다. 그런데 며칠 전, 소련이 유엔에서 제2차 세계대전 이후 미국과 소련의 점령지역 중 소련의 점령지역 주민은 평화를 구가하고 있지만 미군 점령지에서는 미군이 민중을 심하게 약탈하고 군정의 폭정에 주민반란이 빈발한데, 그 예가 제주도 폭동이라는 성명을 발표했다고 하는군. 국제무대에서 미국 정부를 비난한 거지. 미국 정부는 격노했고 남조선 미군정 장관 딘을 심하게 문책해 제주도 폭동을 조속히 진압할 것을 명령했지.

나 역시 느긋하게 준비할 수 있는 상황이 아니야."

익렬은 눈이 휘둥그레졌다. 제주도 사태가 국제정치의 움직임과 직결된다는 사실을 전혀 예상하지 못했다.

맨스필드가 말을 이었다.

"소련의 선전을 막기 위해 이 사태를 '공산주의자의 선동에 의한 반란'으로 규정할 것을 명받았다."

불이 붙은 담배를 재떨이에 눌러 몇 번이나 비틀고 난 뒤 익렬이 얼굴을 들었다.

"이번 사태가 공산폭동인지 일반 민중의 폭동인지는 진압 작전과 아무 상관없는 문제입니다. 애초에 이번 사태를 어떻게 규정할지는 정치적으로 결정할 문제이며 적어도 제 책임 소관 외의 일입니다."

익렬의 얼굴을 잠시 정면으로 응시한 맨스필드가 대답했다.

"자네가 말하고 싶은 것은 알고 있네. 어쨌든 화평·귀순공작을 추진하는 걸로 하지."

맨스필드는 화평·귀순공작에 협력할 것 같은 제주도 유력자 이름을 열거하기 시작했다.

5

익렬은 제주도 읍내에 머물며 연일 제주도 군정장관 맨스필드, 군사고문 드루스와 진압작전을 논의했다. 동시에 제주도 유력자와의 면담을 통해 화평·귀순공작 협력을 타진했다. 그러나 굳이 불 속에 있는 밤을 줍고 싶어 하는 사람은 없었다.

이런 상황에서 익렬이 협조를 요청한 자가 초대 제주도지사 박경훈이었다.

박경훈은 소매업과 무역으로 큰돈을 번 제주 최고의 부호 중 하나였던 박종실(朴宗實)의 장남으로 1900년에 태어났다. 경성제국대학 법문학부를 졸업해 호남은행에 입사했으며 해방 이후 초대 제주도지사로 임명되었다.

온화한 성격으로 도민들로부터의 신망도 두터웠다.

익렬도 박경훈의 성실한 인품에 감명받았었기 때문에 3·1 발포 사건 직후 경찰 탄압에 항의하며 사표를 내팽개친 과격한 행동이 믿기지 않았다.

이러한 인물조차 '적'으로 몰아붙인 점에서 당시 미군정과 경찰의 정책이 얼마나 심했었는지 알 수 있다.

제주도지사 사임 3개월 후, 박경훈은 제주도민주주의민족전선(민선) 의장으로 추대되어 세상을 놀라게 했다. 초대 제주도지사를 역임하고 자타가 제주 최고 갑부라 공인하는 박종실의 장남 박경훈이 좌익노선인 민선의 의장이 되리라 상상조차 할 수 없었기 때문이다.

이 역시 제주도의 특수성이라 할 수 있을지 모른다.

좌우 이데올로기 대립을 넘어 제주도민이 반(反) 경찰, 반 서청으로 일치되었음을 상징한다고도 볼 수 있다.

현재 제주신보의 사주 박경훈이 익렬에게 협력했고 그 외 제주도 유력자 한두 명씩도 화평·귀순공작에 협력하게 되었다.

경찰의 방해 공작이 있을지 몰라 집회는 박경훈의 사택에서 비밀리에 진행되었다.

우선 귀순을 유도하기 위한 전단지 살포가 필요했다.

폭도의 정체는 아무것도 몰랐다. 근거지가 한라산 어딘가에 있는 것은 확실했지만 각종 정보활동을 해도 장소를 특정할 수 없었다.

폭도의 지도자에 관해서도 전혀 몰랐다. 폭도 측과 연락하는 방법은 전단지를 살포한 뒤 대답을 기다리는 것 외에는 없었다.

며칠 밤에 걸친 논의 끝에 전단지의 골자가 결정되었다.

① 국토를 방위하고 외적과 전투하는 일이 주된 임무인 군인은 동족상쟁을 원치 않는다.

② 주의·사상과 불만 일절은 정치적으로 평화적인 수단으로 해결해야 하며 무력에 호소하는 것은 무고한 도민의 유혈사태를 초래할 뿐 무엇도 해결되지 않는다.

③ 즉시 무기를 버리고 귀순하면 내가 책임지고 안전을 보장하고 전과를 불문하고 모두 집으로 돌려보낸다. 이에 대한 요구가 있다면 조건을 들고 회담을 하자. 연락하라.

④ 위와 같은 관대한 조치에도 불구하고 공산주의 사상을 앞세워 무력을 사용한다면 민족 분열을 조장해 조국 독립을 방해하는 민족 공통의 적으로 간주해 군은 철저히 무력징벌에 나설 것이다.

누가 문장을 쓸지를 논할 때, 박경훈이 김용수(金瑢洙)라는 남자를 소개했다. 제주신보의 정경부장을 사직하고 언론 공부를 하기 위해 서울로 갔지만 4·3 봉기를 듣고 급히 귀향해 지금은 자택에 있다고 했다. 익렬은 곧장 병사에게 명령해 김용수를 불렀다.

이야기를 들은 김용수는 그 자리에서 전단지 문장을 쓰기 시작했다. '형제자매 여러분'으로 시작하는 그 문장은 기대처럼 알기 쉽고 사람의 심금을 울리는 명문이었다.

익렬은 초안을 들고 지프에 올라 제주신보사로 향했다. 밤새 전단지가 인쇄되었다.

다음날부터 L-5 경비행기로 전단지를 한라산 일대에 흩뿌렸다.

또한 소규모 정찰대를 파견해 중산간 마을을 중심으로 전단지를 살포하기 시작했다.

6

"그렇다면 이 코스는 어떻습니까?"

매클린톡 중위가 지도 위에서 붉은 털이 난 두꺼운 손가락을 옮겼다. 붉은 머리와 매부리코의 몸집이 큰 남자였다.

제주읍 비행장에서 해안을 따라 동쪽으로 이동해 조천리와 구좌면 경계 부근에서 남하한 뒤, 거문오름에서 서쪽으로 꺾어 한라산 능선 줄기를 따라 제주읍 비행장으로 돌아오는 코스였다.

어디 출신인지는 모르겠지만, 매클린톡의 영어는 사투리가 심해 알아듣기 힘들었다.

김익렬은 거문오름의 북쪽, 알밤오름 부근에 손가락을 올렸다.

"여기서 서쪽을 향해…"

익렬의 손가락이 알밤오름에서 서쪽의 봉개리 부근에 멈췄다.

"이쪽 부근까지…"

잠시 정지한 익렬의 손가락이 봉개리에서 남쪽을 향해 바늘오름, 거문오름, 알밤오름을 포함한 원을 그렸다.

"이 일대를 표면적으로 파악할 수 있도록 비행해 주게."

잠시 지도를 바라본 매클린톡이 고개를 끄덕였다.

"알겠습니다."

폭도들에게 평화회담을 요구하는 전단지를 만든 이후, 매일 비행기로 대량의 전단지를 제주도 전역에 뿌리고 있었다. 추후 진압 작전을 위해서라도 제주도 지형을 알 필요가 있다고 생각해 오늘은 익렬이 직접 전단지 살포 비행기에 탄 것이었다.

피우던 담배를 재떨이에 밀어 넣고 매클린톡이 자리에서 일어섰다.

익렬도 뒤따랐다.

비행장 구석에 세워 둔 2인승 단발 비행기의 엔진이 으르렁거리기 시작했다. 기세 좋게 프로펠러가 회전했다.

비행기를 향해 걸어오는 매클린톡의 모습을 본 정비사가 엔진에 시동을 건 것이었다.

미국 스틴슨사의 L-5 경비행기였다.

캐노피 위에 주익(主翼)이 달린 소위, 고익기(高翼機)였다.

동체 위에 주익이 있기 때문에 주익 아래 기류 흐름이 동체에 막혀 옆으로 쏠리지 않았다.

이 때문에 기체를 기울이면 아래쪽 날개 밑의 압력이 올라가 복원력이 생긴다. 즉, 기체를 수평으로 되돌리려는 힘이 생기는 것이다.

바꿔 말하면 비행기의 가로 안정도가 높아지는 것이었다.

반면, 가로 안정도가 높아지면 기민한 운동이 어려워지는 것을 의미했다.

예를 들어 전투기 등은 대체로 동체 하부에 주익을 설치하는 저익기(低翼機)였다. 고익기는 공중전에서 압도적으로 불리했다.

L-5 경비행기는 미군이 정식으로 채택한 군용기였지만, 전투용이 아닌 연락 및 관측용 비행기였다. 스틴슨사의 민간 비행기 기체에 강력한 엔진을 탑재한 덕분에 짧은 활주로에서도 이착륙이 가능했다.

매클린톡은 출발에 앞서 규정대로 주익, 미익(尾翼)과 바퀴, 엔진 등을 점검하기 시작했다.

익렬은 가까이서 L-5 경비행기의 기체를 보고 씩 웃었다. 미군이 제주도에 주둔하면서 이 L-5 경비행기를 제주도 하늘에서 볼 수 있게 되었다. 그리고 그걸 본 제주도민은 이 비행기를 '잠자리 비행기'라 불렀다. 말하고 보니 잠자리와 닮아 있었다.

출발 전 점검을 마친 매클린톡이 비행기에 올라탔다. 익렬도 반대편 문으로 탑승한 뒤 안전벨트를 맸다.

좌석 뒤에는 전단지가 산처럼 쌓여있었다.

"가자."

익렬의 말과 동시에 매클린톡이 엔진 출력을 높였다. 천천히 전진하기 시작한 L-5 경비행기는 활주로 끝에서 방향을 전환한 뒤, 잠시 정지했다.

관제관의 허가를 받은 매클린톡이 다시 엔진 출력을 높였다. 가속도로 달리기 시작한 L-5 경비행기가 두둥실 공중에 떠올랐다. 아직 활주로의 절반도 달리지 않은 상태였다.

과연 단거리 이착륙을 자랑하는 L-5 경비행기였다.

급각도로 상승한 후 수평비행을 했다. 매클린톡의 솜씨가 좋은 건지 비행기 성능이 좋은 건지 비행이 상당히 안정되어 있었다.

날씨도 더할 나위 없었다.

대형 수송기를 타본 적은 있었지만 이런 소형 비행기로의 비행은 처음이었다.

유람비행은 아니었지만, 익렬은 왠지 설레는 기분이었다.

오른쪽에는 웅장한 한라산이 보였다.

왼쪽은 바다였다. 해안을 따라 평지가 이어졌다. 그 평지 안에 볼록 솟아 부푼 녹색 덩어리가 보였다.

원당봉(元堂峰)이었다.

"저게 조천입니다."

매클린톡이 원당봉 너머를 가리켰다. 벌써 조천에 도착한 것이었다. 불과 십 분도 걸리지 않았다.

조천포(朝天浦)는 천연의 양항(良港)이었다.

과거에는 제주도의 현관이기도 했다.

서복(徐福)이 이곳에 왔다는 전설도 있었다.

불로불사의 영약을 들고 오겠다고 진시황제를 속여 삼천 명의 남녀아동과 수많은 보물을 들고 동방으로 여행을 떠나 돌아오지 않았다고 『사기(史記)』에 기록된 희대의 도사(道士)가 서복이었다.

이곳에 배를 댄 서복은 바위에 '조천석(朝天石)'이라 새기고, 서귀포를 거쳐 일본을 향했다는 전설이 있었다. 이 문자가 '조천'이란 지명의 유래라 했다.

조선왕조시대에는 많은 사람이 제주도로 흘러왔다. 그때 배가 도착한 곳도 조천포였다.

조천포가 내려다보이는 언덕 위에 산뜻한 정자가 있었다. 현판에는 '연북정(戀北亭)'이라 적혀있었다. 제주도로 흘러온 사람들이 서울에서 소식을 나르는 배를 기다리며 북방을 그리워한 것이 유래였다.

제주도의 현관이라 불렸던 만큼 조천 사람들은 진취적 기운이 넘쳤다. 이를 상징하는 게 조천만세운동일 것이다.

1919년 3월, 휘문고등학교에 재학 중이던 김장환(金章煥)은 고향 제주도에서 만세운동을 계획하며 3·1독립선언서를 품에 안고 귀향했다.

고향에 돌아온 김장환은 일족의 장로인 김시범(金時範)과 김시은(金時殷)에게 독립선언서를 보여주었다. 그들은 동지를 모아 몰래 준비를 진행했다.

그리고 3월 21일, 조천 근교 언덕에 모여 독립선언서를 읽고 태극기를 흔들며 행진을 시작했다. 동지 중 하나인 김필원(金弼遠)은 혈서로 대한독립만세라 적은 뒤, 그걸 내걸고 행진했다고 한다.

순식간에 사람들이 모여 만세 소리가 조천 하늘에 울려 퍼졌다.

시내를 향해 행진하던 시위대는 조천읍 신촌리에서 일제의 경찰대와 충돌했고 우두머리가 체포되며 시위는 해산되었다.

그러나 다음 날인 22일, 전보다 많은 사람이 집결했고 연행된 사람들의 석방을 요구하며 대한독립만세를 외쳤다.

경찰의 탄압에도 불구하고 시위는 23일 그리고 24일에도 열렸다고 한다.

이처럼 조천 사람들은 일제의 식민지배에 저항하는 싸움에 앞장섰었다. 제주도 항일투쟁의 역사를 들추면 엄청난 수의 조천 출신 사람들의 이름을 알게 된다.

이 때문에 역으로 육지에서 온 경관이 눈여겨보게 되었다.

경찰은 제주도를 빨갱이 섬이라 믿고 있었다. 그중에서도 특히 붉게 물든 곳이 조천이라 생각했다.

일제에 저항해 싸운 것이 빨갱이의 증거로 간주되는 도착(倒錯)이었다.

그걸 생각하면 익렬은 도저히 견딜 수 없었다.

그러나 경찰에게 쫓겨 피신해야 했고 옥에 갇혔던 사람 대부분은 과거 항일투사였다. 제주도 대로를 기세등등하게 활보하던 사람은 일제의 앞잡이였던 친일 경찰관인 것 역시 사실이었다.

지도를 보며 현 위치를 확인했다. 원당봉을 넘어가면 표시가 될 만한 눈에 띄는 지형이 없었지만, 해안선의 모양과 지도를 비교하면 지금 어디쯤 날고 있는지 간단히 확인할 수 있었다.

비행기는 조천리, 함덕리를 지나 북촌리 상공에 있었다. 이 앞은 구좌면이었다.

익렬이 매클린톡에게 말했다.

"여기서 남쪽으로 갑시다."

"알겠습니다."

우익을 내린 비행기가 크게 선회했다.

익렬은 북촌리에서 선흘리로 향하는 길을 가리켰다. 그렇게 넓은 길은 아니었지만, 현재 고도에서는 눈으로 충분히 확인할 수 있었다.

"저 길을 따라 비행합시다."

"알겠습니다."

길을 따라 남하했다. 길을 지나는 사람의 모습이 별로 보이지 않았다. 원래 그런 것인지, 4월 3일 봉기 이후의 긴장 탓인지 이유는 알 수 없었다.

선흘리가 보이기 시작했다.

그 바로 너머에 알밤오름이 있었다.

"저게 알밤오름이오. 서쪽으로 갑시다."

"알겠습니다."

비행기는 다시 오른쪽으로 선회했다.

이 부근에 오자 산의 모양이 험준해지며 인가가 드물어졌다. 오늘은 이 근처 산간부에 전단지를 살포할 계획이었다.

좌석 뒤에 있던 전단지 한 다발을 앞으로 들고 와 포장을 풀었다. 창문을 열고 적당히 한 움큼을 밖으로 던졌다. 전단지가 후방으로 크게 흩뿌려졌다.

인적이 드문 산속이었다.

이 전단지 대부분은 사람 눈에 띄지 않은 채 흙으로 변할 것이다. 그러나 이 중에 단 한 장만이라도 좋으니 산속 무장대의 손에 전해지길 바랐다. 그들과 연락할 방법이 이것밖에는 없었기 때문이다.

전단지를 뿌리며 날던 중 와산리가 보이기 시작했다. 산속에 있는 작은 마을이었다. 그곳을 지나니 다시 인가가 없는 삼림지대가 나타났다.

봉개리까지 비행한 뒤, 이번에는 왼쪽으로 선회해 남하했다. 개오리오름을 조금 지나자 작은 호수가 보였다. 수면이 햇빛을 받아 반짝반짝 빛나고 있었다. 사라오름의 화구호였다.

이 부근에 가니 길다운 길도 없었고 접근조차 쉽지 않았다. 그러나 옛 일본군이 이 깊은 산속을 요새화했고 산속 부대가 이 요새를 이용해 싸우려 한다는 그럴싸한 이야기가 전해지고 있었다. 경찰 측에서 산속 무장대가 얼마나 무서운지 선전하기 위해 일부러 흘린 소문이었다.

1945년 3월, 일본의 대본영(大本營, 최고 통수부)은 미군이 일본 혼슈(本州) 공격보다 홋카이도(北海道)와 제주도를 선제공격할 가능성이 크다고 판단했다. 홋카이도 방위를 결1호작전, 제주도 방위를 결2호작전으로 명명했다.

그리고 제주도에는 최종적으로 7만에 가까운 병력이 배치되었다. 그러나 이미 항공전력은 없는 것과 마찬가지였고 해군도 괴멸 상태였다.

외부의 지원이나 보급은 불가능했다. 제주도 주둔부대는 혼자 힘으로 제주도를 확보하는 것이 기본방침이 되었다.

이 방침에 따라 제주읍, 고산, 서귀포, 성산포, 모슬포 등에 특공 기지가 건설되었다.

특공이라고는 했지만 폭탄을 끌어안은 항공기가 돌진하는 것은 아니었다. 남아있는 항공기는 없었다. 베니어판으로 만든 모터보트에 폭탄을 싣고 적의 군함에 있는 힘껏 부딪치는 것이었다.

일본군도 그런 특공으로 미군의 상륙을 막을 수 없다는 사실은 알고 있었을 것이다.

익렬은 예전에 1945년 8월 작성된 「제주도병력기초배치도」라는 것을 본 적이 있었다.

그 배치도에서 일본군 주력 진지는 해안에서 꽤 후퇴한 곳에 있었다. 즉, 일본군은 해안지대는 버려두고 한라산에 틀어박혀 지구전을 전개할 작정이었다.

배치도에 의하면 일본군의 주력은 사라오름의 서쪽, 어승생악을 요새화하여 거기서 굳건히 버티기로 되어 있었다.

소문에 의하면 철근 콘크리트 토치카와 산 중턱에 미로처럼 파인 동굴이 남아있다고 했다. 그 공사에 제주도민이 동원되어 고생했다는 이야기도 전해졌다.

그리고 지금 눈앞에 펼쳐진 삼림지대에는 공세준비진지(攻勢準備陣地)가 구축되었다고 했다. 그 실태가 어떤 모습인지, 애초에 그런 진지가 만들어졌는지 확인되지 않고 있었다.

오키나와전에서는 압도적인 병력과 장비를 자랑하는 미군도 미로 같은 지하 동굴에 틀어박혀 완강히 저항하는 일본군에게 상당한 애를 먹었다.

만약 요새화된 한라산에서 7만 병력이 굳게 버틴다면 이를 공략하는 것은 쉬운 일이 아니었다.

그러나 산속 무장대가 일본군의 요새에 틀어박혀 저항하고 있다는 경찰의 선전에 익렬은 웃고 말았다.

만약 요새가 완성되어 7만 군사세력이 거기 틀어박혀 유기적 연계를 유지하며 저항하면 위협이 될 것이다. 제9연대가 지금까지 수집한 정보에 의하면 산속 무장대의 병력은 많아봤자 오백 명, 실제 숫자는 기껏해야 삼백 명이었다. 심지어 훈련받은 병사도 아니었다.

제주도는 절해고도였다. 4월 3일 봉기 직후, 미군은 해군을 동원해 제주도 주변 바다를 완전히 봉쇄했다.

외부 보급은 기대할 수 없었다.

무장대는 특히 무기가 부족할 것이었다. 무장대라 해봤자 총으로 무장한 자는 채 백 명도 되지 않을 거라 익렬은 생각했다.

그런 병력으로 요새 활용이 가능할 리 없었다.

익렬의 걱정은 요새가 아니었다.

훈련이 부족한 현재 제9연대 병사들로 산악전을 하는 것이 문제였다.

제9연대가 이런 깊은 산속에 돌입하면 지형을 숙지하고 있는 적에게 제대로 농락당해 큰 손해를 입을 것이 분명했다.

진압작전을 개시해도 전장은 중산간지대로 제한해야 했다.

그런 제한에서 적이 진압될 리 없었다. 실제 진압작전을 개시하면 그 부분이 문제가 될 것이었다.

사라오름 상공에 접어들자 익렬이 말을 걸었다.

"좋아. 여기서 동쪽으로 향하자."

"알겠습니다."

비행기가 천천히 좌측으로 선회했다.

매클린톡은 본래 과묵한 남자인지 아까부터 "알겠습니다." 외에는 한마디도 하지 않았다. 익렬은 매클린톡의 얼굴을 보았다. 특별히 기분이 나빠 보이지는 않았다.

인적이 전혀 없는 밀림에 전단지를 뿌렸다.

헛수고라는 생각도 들었다.

문득 시야 끝에 뭔가 움직이는 것이 있는 것 같았다.

응시했다.

숲속에 좁은 길이 있었고 사람들이 걷고 있었다.

그것도 한두 명이 아니었다. 이런 깊은 산속을 민간인이 이동한다고 생각되지는 않았다.

무장대일까.

익렬은 그 방향을 가리켰다.

"열한 시 방향에 사람 그림자가 보인다. 가까이 가 주게."

"알겠습니다."

왼쪽으로 선회하여 가까이 접근했다.

"좀 더 낮게."

"알겠습니다."

고도를 낮췄다.

열 명 정도의 집단이었다. 그러나 젊은 남자의 모습은 보이지 않았다. 불안한 듯 얼굴을 든 젊은 여자는 갓난아기를 안고 있었다.

매클린톡이 중얼거렸다.

"민간인입니다."

익렬은 매클린톡의 얼굴을 보았다. "알겠습니다." 외에 첫 대화였다.

"그런 것 같군."

"그런데 어째서 이런 깊은 산속에…."

근처에 마을이 있는 것도 아니었다.

틀림없이 피난민이었다.

경찰의 습격을 피한 중산간 마을 사람일 것이다. 이렇게 깊은 산속까지 도망치다니. 갓난아기를 안은 저 젊은 여자는 오늘 밤 어디서 잘 것인가.

매클린톡이 물었다.

"이제 됐습니까?"

"아니 조금 선회해 주게."

고도를 유지하며 비행기가 선회하기 시작했다.

열 살 정도의 아이 손을 잡은 여성, 커다란 짐을 짊어진 중년 여성, 허리가 휜 노인.

대체 어디부터 도망쳐 온 것일까.

어딘가 목적지는 있는 것일까.

청년 남성조차 힘든 산길을 어디까지 가야만 한단 말인가.

익렬은 눈길을 돌렸다.

"이제 됐네. 원래 있던 곳으로 돌아가 주게."

고도를 높여 조금 전 항로로 돌아왔다.

전단지를 뿌리며 익렬이 물었다.

"이 부근을 비행한 적이 있나?"

"네. 몇 번."

"이 부근에 무장대의 근거지가 있다고 하는데 비슷한 것을 본 적은 없었나?"

"없습니다. 만약 무장대의 근거지가 있더라도 위에서 알아차릴 수 있게는 안 할 겁니다."

"하긴 그렇겠군."

익렬은 오늘 아침 정보장교 이윤낙의 보고를 떠올렸다.

무장대는 세 개의 유격대로 나뉘어 있다고 했다.

조천, 제주, 구좌면을 담당하는 제1연대, 애월, 한림, 안덕, 중문을 담당하는 제2연대, 서귀, 남원, 성산, 표선을 담당하는 제3연대였다.

연대라는 이름이 붙긴 했지만 각 병력은 서른 명 정도라 했다.

무장대가 가진 무기는 옛 일본군의 99식 소총 몇 자루뿐이었다. 4월 3일의 봉기 이후, 경찰에게 최신 카빈총을 탈취했지만 수가 충분하지는 않을 것이었다. 그 점을 고려하면 전원무장한 부대가 이 세 부대만이란 것도 이해가 갔다.

그 외에는 죽창 등으로 무장한 부대였으며 식량, 의약품, 의복 같은 보급품 확보와 정찰, 대중홍보 등을 담당하고 있다고 했다.

제1연대, 제2연대, 제3연대의 근거지도 대략 짐작하고 있었다. 정보에 의하면 제1연대의 근거지는 조천면 선흘리의 거문오름 근방이었다.

비행기는 지금 그 거문오름을 향하고 있었다.

제1연대의 대장은 이덕구(李德九)라는 남자였다.

무장대의 주력인 제1연대의 우두머리인 것이다. 굳건한 신념의 혁명가로 생각하는 것이 당연했지만 이야기를 들어보니 이미지가 상당히 달랐다.

1920년, 조천읍 신촌리에서 태어난 이덕구는 일본의 리쓰메이칸대학(立命館大學) 경제학부에 유학했다. 그리고 1945년, 조국이 해방을 맞이한 후에 고향으로 돌아와 조천중학원의 교사가 되었다.

그 김용철이 다닌 조천중학원이었다.

교과목은 역사와 사회를 담당했었다.

열성적인 교사였으며 학생들 사이에서 인기가 있었다.

글자가 서툴러 이덕구의 판서는 알아보기 힘들 정도였다고 한다.

수업은 상당히 열정적이었고 강의를 할 때 주변에 마구 침을 튀기는 것으로도 유명했다.

체육대회에서는 스스로 응원단장을 자처했으며 삼삼칠 박자를 선창하기도 했다.

얽은 얼굴이었기 때문에 '덕구 덕구 이덕구 박박 얽은 그 얼굴'이란 노래가 학생들 사이에서 유행했었다.

1947년 3·1 발포 사건 직후 경찰에게 붙잡혀 심한 고문을 받아 고막이 찢어져 버렸다.

석방 후 다시 조천중학원 교단에 섰지만 그해 8월, 이른바 8·15 검거 선풍이 휘몰아칠 때 모습을 감추었다.

마지막 수업에서 "모두 열심히 공부해라. 나는 육지로 가게 되었으니 이 수업이 마지막 수업이 될 거다."라는 말을 남겼다고 했다.

아마도 '굳건한 신념의 혁명가'의 이미지와는 동떨어진 인물인 것 같았다.

1920년생이라면 익렬보다 한 살 위였다.

익렬은 눈 아래 펼쳐진 숲을 바라보았다.

전방에 말굽 모양의 분화구가 보였다.

거문오름의 분화구였다.

거문오름의 주변에는 미로처럼 얽힌 방대한 양의 용암동굴이 있다고 했다. 이 어딘가에 무장대 제1연대의 근거지가 있고 거기에 이덕구가 숨어있을까.

익렬은 이 전단지가 이덕구의 손에 닿길 바라며 전단지를 흩뿌렸다.

4장

모색

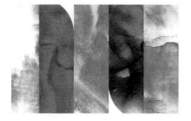

1

관목 숲을 빠져나가니 시야가 한 번에 트였다. 하계에는 광활한 바다가 펼쳐져 있었다. 길게 이어지는 해안선에 하얀 파도가 일고 있는 것이 보였다.

바닷바람이 땀 흘린 피부에 닿아 기분이 좋았다.

"좋아. 충분히 휴식하도록."

선두로 걷던 분대장의 목소리에 분대원들이 바위에 걸터앉기 시작했다.

강헌창은 절벽 위에서 아래를 내려다보았다. 제주도 태생이었지만 제주읍의 동쪽, 조천읍 부근까지 발길을 들인 적은 없었다.

중산간지대 정찰을 명받았지만 실제 임무는 중산간 마을을 방문해 화평·귀순을 호소하는 전단지를 나누어 주는 것이었다.

처음에는 언제 우연히 무장대와 만날지 몰라 모두 얼굴이 굳어 있었다. 정찰대가 방문한 마을에서도 주민들이 차가운 눈으로 병사들을 노려보았기 때문에 긴장을 늦출 수 없었다.

군이 폭도 토벌의 전면에 등장한 것이다. 경찰보다 무자비한 살육을 하는 것이 아닐까 도민들은 공포에 떨고 있었다.

그러나 정찰대가 화평·귀순 전단지를 나누어주고 도민에게 일절 위해를 가하지 않는 것이 명확해지자 분위기가 일변했다.

곡물 한 줌, 닭 한 마리도 도민에게 약탈해서 안 된다는 엄명을 받았다.

정찰대에게는 충분한 식량이 있었기에 도민에게 부탁할 필요는 없었다. 오히려 굶주림에 시달리는 주민에게 식량을 나눠주기도 했다.

헌창 같은 위생병의 존재도 큰 의미가 있었다. 부상자를 치료하거나 복통을 호소하는 환자에게 약을 준다는 소문이 순식간에 퍼지며 정찰대를 보는 도민들의 인식이 바뀌어 갔다. 정식으로 의학을 배운 것은 아니었지만 근대의학과 인연이 없는 오지마을에서는 귀한 존재가 되었다.

무장대와 우연히 만나는 일도 없었다.

본래 무장대가 제9연대를 적대할 의사는 없었다고 본다. 제9연대가 주둔하는 모슬포 주변에는 모습을 드러내지 않았기 때문이다.

그러나 다른 지역으로 향하는 정찰대는 만일의 사태를 대비해 만반의 준비를 했다. 이동 중에 갑작스럽게 마주치는 일 없이 신중히 행동할 것을 명받았다.

실제 정찰에서 걱정할 일은 아무것도 일어나지 않았다. 멀리서 몇 번 무장대를 발견한 적은 있었지만, 정찰대가 있다는 것을 알면 곧바로 모습을 감추었다.

지금은 정찰을 명받아도 특별히 긴장하지 않았다. 행군도 편한 마음으로 농담하듯 즐거운 기분으로 했다.

"자. 일어서. 출발한다."

분대장의 목소리에 분대원들이 일어섰다.

조금 이동하니 마을이 보였다. 돌담에 둘러싸인 아담한 초가지붕 집들이 늘어서 있었다.

분대가 마을에 와도 평화로운 분위기는 흐트러지지 않았다. 돌담 너머로 손을 흔드는 아가씨도 있었다.

"이것 봐. 여자야. 여자가 있어."

육지 출신 진두구(秦斗久) 일병이 헌창의 귓가에 속삭였다.

"세상의 반은 여자야. 놀랄 일은 아니잖아."

"제주도는 바람, 돌, 여자가 많다 들었는데 지금까지는 마을마다 여자는 아이들과 할머니뿐이라 이상하다 생각했었어. 그런데 이 마을에는 젊은 아가씨들이 많네. 어쩐 일이지?"

"지금까지 마을에 젊은 여자가 없었던 건 아니야. 숨어있던 것뿐이지."

"숨어있었다고? 어째서?"

제주도 출신이 아니었기 때문에 상황이 잘 이해되지 않는 모양이었다. 서청 놈들이 젊은 아가씨만 보면 덤벼들었기 때문이라 설명할까 했지만 귀찮아서 하지 않았다.

늘 하던 대로 전단지만 나눠주었다.

두구가 젊은 여자에게만 전단지를 나눠주는 것을 곁눈질하며 헌창도 마을 사람 한 명, 한 명에게 전단지를 건넸다.

전단지를 나눠주며 산사람들이 왔을 때 건네주면 좋겠다는 말을 덧붙였다. 전단지를 꼭 읽었으면 하는 대상은 무장대였기 때문이다. 헌창도 무장대가 이를 읽고 화평에 응해 평화가 회복되기를 진심으로 바라고 있었다.

전단지 배포를 끝내고 다른 마을로 향했다. 집요하게 아가씨들에게 말을 거는 두구를 거의 끌고 오다시피 해 산길로 들어섰다.

이 부근부터는 중산간지대가 아니다. 이런 깊은 산속에도 마을이 있는지 의아했지만 분대장은 지도를 보며 나아가고 있었다. 마을이 있으니 깊은 곳으로 들어갈 것이다.

시야가 트였다.

돌담이 나란히 있었다.

그러나 돌담 안에 사람의 온기가 느껴지는 둥근 초가지붕이 보이지 않았다.

사람의 인기척도 느껴지지 않는다.

이상한 분위기에 헌창의 얼굴이 굳었다.

마을임은 분명했다.

그러나 뭔가 이상했다.

마을로 들어가는 것이 망설여졌다.

조심히 안으로 들어갔다.

돌담을 돌아보았다.

안을 본 헌창은 놀라 숨을 멈췄다.

초가지붕이 보이지 않는 게 당연했다.

집이 불타 있었다.

안거리와 밖거리가 있던 자리에 불에 탄 목재들이 널려있었다.

안뜰 중앙에 커다란 검은 자국이 있었다.

가까이 가본다.

틀림없다.

혈흔이다.

믿기지 않을 정도로 대량의 피가 흐른 것이다.

다음 집으로 들어갔다.

같은 상황이었다.

이상하게 시체는 없었다.

살아남은 마을 사람이 매장한 것일까?

돌담만이 과거 이곳이 마을이었음을 나타내고 있었다.

마을 사람들의 이야기로 번화했을 장소가 쥐죽은 듯 조용했다.

소름 끼치도록 끔찍한 분위기에 헌창은 소리를 지르고 싶은 것을 필사적으로 참았다.

돌담 구석에 검고 커다란 물체가 있었다.

가까이 가보니 검게 탄 돼지의 사체였다.

완전히 타버린 탓인지 썩은 냄새도 느껴지지 않았다.

흘러넘칠 것 같은 눈물을 참으며 다른 집들을 둘러보았다.

경찰토벌대가 초토작전을 실행했다는 소문은 들은 적이 있었다.

하지만 아무리 경찰이라도 있을 수 없는 일이라 생각했다.

그러나 사실이었다.

여기가 그 현장인 것이다.

희미하게 물소리가 들렸다.

헌창은 소리가 나는 곳으로 향했다.

작은 샘이 있었다.

예쁘게 깎인 바위로 정비된 용천수였다.

처음엔 마실 물, 다음은 채소 같은 먹을 것을 씻는 곳, 다음은 식기 등을 씻는 곳, 마지막엔 세탁하는 곳으로 사용하게 되어있었다.

이곳은 여자들의 사교장이었다.

온종일 시끄러울 정도로 이야기가 끊이지 않았을 것이다.

그러나 지금 이곳에는 무서울 정도의 고요함만 남았다.

들려오는 것은 작은 물소리뿐.

한라산의 눈 녹은 물일까. 펑펑 솟아나는 물은 맑고 찬 햇빛을 받아 반짝반짝 빛나고 있었다.

작고 빨간 물건이 떨어져 있었다.

집어 들었다.

여자아이의 구두였다.

구두 주인은 무사히 도망갈 수 있었을까.

헌창은 마음속으로 중얼거렸다.

2

"헌창, 손님이 왔다."

병영에서 쉬고 있던 강헌창은 그 목소리에 일어섰다.

"예쁜 아가씨던데. 너도 보통내기가 아니구나."

그런 소리를 들으며 입구로 향했지만, 짐작 가는 사람은 없었다. 도대체 누구일까 생각하며 밖으로 향했다.

기다리고 있던 사람은 순이였다.

헌창도 무심결에 미소를 보였다.

"그때는 고마웠어."

"상처는 어때?"

"꽤 좋아졌어."

해녀가 바다에 들어갈 때 입는 소중기를 입지는 않았지만, 수확물을 넣는 망을 손에 들고 있었다. 해녀가 막 채취한 해산물을 팔러 오는 것은 흔히 있는 일이었다. 갓 수확한 해산물을 팔러 온 김에 그때의 일을 감사하러 온 것이다.

"저기…."

순이가 헌창의 손을 잡았다. 헌창은 순이에게 이끌려 건물 구석으로 갔다.

"나 연대장을 만나야만 해"

"응?"

갑작스레 그 말을 들은 헌창의 눈이 휘둥그레졌다.

순이는 다시 한번 말했다.

"연대장을 만나야 해."

"도대체 왜?"

"그건 말할 수 없어."

"연대장님은 요즘 바쁘셔서 줄곧 제주읍에 계셔."

"오늘은 돌아왔어."

헌창은 말문이 막혔다. 어째서 순이가 그런 것까지 아는 것일까. 생각해보니 상가리에 있어야 하는 순이가 모슬포까지 수확물을 팔러 오는 것도 있을 수 없는 일이었다.

얼굴이 굳은 헌창이 물었다.

"아직 상가리에 있어?"

순이가 고개를 저었다.

"산으로 들어갔어."

아차 싶었다.

산사람이 전단지에 응답하기 위해 순이를 보낸 것이었다.

외부에서 보면 해산물을 팔러 온 해녀에 불과했다. 경찰이 수상히 여기지 않을 것이다.

헌창은 거듭 확인했다.

"어째서 연대장을 만나야 하는지는 말할 수는 없는 거구나."

순이가 끄덕였다.

"알았어. 여기서 기다려."

헌창은 서둘러 연대 본부로 향했다. 순이 말대로 연대장은 제주읍에서 돌아와 있었다.

당번병에게 신속히 연대장과의 면담 취지를 전했다. 일개 병사가 급히 연대장과 만나고 싶다는 말에 당번병은 당황했지만 전달해 주었다.

안으로 들어가 해녀가 연대장과 만나고 싶어 한다는 사실을 전했다.

의아한 얼굴로 김익렬이 물었다.

"그 해녀와는 어떤 관계지?"

"일전에 정세 파악을 위해 집에 갈 것을 명받았을 때, 산길에서 서청이 덮친 것을 구해주었습니다."

"그뿐인가?"

"네."

"이름은?"

"순이입니다."

"성은?"

"모릅니다."

"그 아가씨의 신상은 아무것도 모르는 거군."

"네."

"이유를 모르겠군."

연대장이 연대에 돌아온 것을 순이가 알고 있었다는 점, 순이가 산으로 들어간 점, 상가리에서 모슬포까지 온 것 자체가 부자연스럽다 설명하며 산사람들의 연락책으로 생각된다 말했다. 설명하면서도 근거가 약하다고 생각했다.

그러나 익렬은 진지한 표정으로 대답했다.

"그런 사정이라면 여기서 만날 수는 없지. 너무 부자연스럽군. 연대 안에도 경찰의 눈이 있을 거라 생각해야지."

거기서 말을 끊고 익렬이 씩 웃었다.

"하지만 연대장이 젊은 아가씨와 몰래 밀회했다는 소문이 나면 곤란하다. 어찌하지…."

잠시 생각을 한 익렬이 입을 열었다.

"그 아가씨를 관사까지 안내하도록. 아내에게 전해두지. 연대장 부인에게 해산물을 팔러 온 것이라면 아무도 의아하게 생각하지 않을 것이다. 오늘은 일찍 관사로 돌아가겠다."

군화로 짤깍 소리를 낸 경례를 한 헌창은 병영으로 돌아가 순이를 연대장의 관사로 안내했다.

3

오늘은 일찍 퇴근하겠다고 당번병에게 말한 뒤 김익렬은 연대본부를 나왔다.

정면에 모슬봉이 보였다.

문밖에 몇 개의 천막이 펼쳐져 있었다. 군의 보호를 기대하며 산에서 내려온 도민들을 위해 야외에 설치한 천막이었다. 섬 전체로 정찰대를 파견해 적극적으로 화평·귀순을 호소한 효과가 나타났다. 토벌대의 초토작전이 두려워 산에 숨었던 도민들이 모슬포에 오게 됐다.

아직 소수에 불과했지만 조금씩 평화 분위기가 회복되고 있음을 실감했다.

제주신보 사장 박경훈을 비롯한 제주읍 유력자의 공헌도 컸다. 그들의 헌신적 노력 없이는 여기까지 올 수 없었을 것이다. 제주도 유력자와 지식인 대다수는 자신을 지키려 육지로 도망쳤지만, 그들은 도민을 위해 위험을 무릅쓰고 제주도에 남은 것이다.

익렬은 강헌창 일병이 말한 해녀를 생각하고 있었다.

진짜일까.

정말 폭도의 사자(使者)라면 대화의 실마리를 잡을 수 있을지 모른다.

전단지를 살포한 다음 날부터 대답으로 생각되는 전단지가 발견됐다. 그러나 대부분은 화평을 방해하는 무리가 익렬을 인신공격하는 방식이었다.

관사로 돌아와 바로 해녀가 기다리는 부엌으로 향했다.

해녀는 둥근 나무 의자에 앉아있다가 익렬을 보자 자리에서 일어나 꾸벅 고개를 숙였다.

아직 어린아이가 아닌가 하고 익렬은 마음속으로 중얼댔다. 천진난만하고 앳된 얼굴의 소녀였다.

익렬은 근처 의자에 앉은 뒤 해녀에게도 앉을 것을 권유했다. 손을 뻗으면 닿을 거리였지만 해녀는 주눅 들지 않고 익렬의 얼굴을 정면으로 응시했다.

"이름은 뭔가?"

"순이."

"성은?"

"부(夫)씨우다."

아득히 먼 옛날, 삼성혈(三姓穴)에서 세 명의 남자 신이 태어났다. 고을나(高乙那), 양을나(梁乙那), 부을나(夫乙那) 이렇게 셋이었다.

세 남자 신들은 사냥해 고기를 먹었고 동물의 가죽으로 옷을 만들었다. 어느 날, 바다 저편에서 커다란 나무상자가 왔다. 상자를 열어보니 붉은 띠에 주황색 옷을 입은 사자(使者)와 석함(石函)이 나타났다.

사자는 석함 안에 있는 것이 벽랑국(碧浪國)의 공주라 했다. 탐라에 신인(神人)이 강림했지만, 배우자가 없다 들어 벽랑국 왕이 공주와 곡물의 씨앗을 보냈다고 했다. 그것을 말한 사자는 구름을 타고 떠났다.

석함을 여니 세 명의 아름다운 공주와 곡물 씨앗이 나왔다. 세 명의 남자 신은 세 명의 공주를 아내로 맞이했고 섬에는 자손이 넘쳤다고 한다.

눈앞에 있는 해녀는 제주도의 가장 오래된 가계의 여성인 듯했다.

호흡을 한 번 한 뒤 익렬이 말했다.

"나에게 용건이 있다던데….”

순이가 침을 꿀꺽 삼켰다.

"무장자위대 사령관의 전언을 그대로 전해주젠 왔수다.”

익렬이 고개를 끄덕이는 것을 기다린 뒤 순이가 말을 계속했다.

"화평회담에 응할 의사는 있다. 우선 회담 진행방식을 이야기할 필요가 있다. 그에 적합한 인물을 보내주었으면 한다.”

익렬이 팔짱을 꼈다.

잠시 생각한 뒤 물었다.

"그 전언이 진짜라는 증거는 어디 있지?”

"그건…. 믿는 수밖에 없다.”

"무장대 사령관의 문서 같은 것은 없나?”

"그런 것은 없다. 증거가 될 만한 물건이 있으면 안 된다고 전부 머릿속에 넣으라 했단 말이다.”

애초에 이런 소녀를 사자로 보낸 것도 경찰의 방해를 생각했기 때문일 것이다. 그렇다면 문서를 주는 것은 위험하다.

순이의 말에도 일리가 있다.

"적합한 인물을 보내 달라는 건데 어떻게 하면 되지?”

"내가 안내하쿠다.”

"어디로 가는지는 비밀인가?”

"그 사람의 안전은 보장한다.”

"보장한다 해도 그저 구두약속인데…"

"신뢰해야만 하는데."

이쪽 질문에 망설임 없이 명확히 대답하고 있었다. 아이라 생각했지만, 겉모습 이상으로 야무진 아가씨인 모양이었다.

폭도와의 회담 실마리는 이 방법밖에 없다. 어디까지 신용해야 할지 의문이었지만 우선 요구에 응하는 편이 좋을 것 같았다.

"알겠다. 내일 점심 이후에 다시 와 주게."

크게 고개를 끄덕이고 순이가 자리에서 일어섰다.

그대로 나가려는 순이를 익렬이 붙잡았다.

"잠깐 기다려. 오분자기는 남아 있나?"

손에 들고 있던 그물망을 들어 올리며 순이가 생긋 웃었다.

타인에게 호감을 주는 사랑스러운 미소다.

"이것은 텅 비었어. 오늘은 바다에 들어가지 않았지."

"유감이군. 제주도에서 특별히 맛있는 게 오분자기라 생각했는데 좀처럼 구할 수가 없어서 말이야."

"그러면 다음에 최고의 오분자기를 잡아주지."

"그래 부탁할게."

순이가 새하얀 이를 보이며 웃었다.

"연대장은 좋은 사람 같네."

꾸벅 머리를 숙이고 순이는 부엌문으로 나갔다.

익렬은 연대 본부로 돌아와 정보주임 이윤낙을 불러 내일 순이와 동행할 것을 의뢰했다.

순이가 안내하는 곳은 모르지만, 폭도의 소굴일 가능성도 있었다. 목숨이 위험할 수도 있었다.

이것은 어디까지 명령이 아닌 의뢰였다.

이윤낙의 얼굴은 굳어있었지만 수락했다.

4

진짜인 것 같은 감이 왔다고 이윤낙은 보고했다.

두 번째부터는 박경훈 등 제주도 민간인 유력자도 이윤낙과 동행해 교섭에 참여했다.

언제, 누가, 어디서, 어떻게 평화회담을 할지 폭도 측과 의견차가 있었다. 그러나 평화회담 실현을 위한 큰 진전이 있었던 것만은 확실하다.

이를 제주도 군정장관 맨스필드에게 보고하기 위해 익렬은 제주읍으로 향했다. 평화회담을 향한 진전을 맨스필드는 기뻐했지만 내키지 않는 얼굴이었다. 미군정 중앙에서 질책을 받은 모양이었다. 마지막에는 이런 내용을 말했다.

"CIC(대적 방첩 부대)에 당신이 만나야 하는 인물이 와 있다. 이건 미군 고위층의 명령이니 거부할 수 없다."

미 육군인 CIC가 제주도에 상주한 것은 작년 1947년부터라 들었다. CIC가 어째서 제주도에 상주했는지 구체적으로 어떤 활동을 하는지 아무것도 몰랐다.

익렬은 지정된 시간에 CIC건물로 향했다.

깨끗한 방에서 익렬을 맞이한 사람은 군복이 아닌 말쑥한 정장에 넥타이를 한 중년 남성이었다.

남자는 싱글벙글 웃으며 악수를 청했다.

"이름을 밝힐 수는 없지만 나는 딘 군정장관의 정치고문입니다. 글쎄 그렇게 긴장하지 마시고 앉으십시오."

테이블에 마주 앉은 남자가 이야기를 시작했다. 웃는 얼굴을 유지하며 말했다.

"조선인들이 36년 동안 일제의 지배로 고통받은 사실을 진심으로 동정합니다. 지금에서야 겨우 조선은 일본의 멍에에서 해방되어 독립하려 하고 있습니다. 그러나 유감스럽게도 독립을 방해하는 세력이 있습니다. 공산당이죠. 소련은 수단과 방법을 가리지 않고 조선을 공산주의 위성국가로 만들려 하고 있습니다. 지난번 소련은 '소련 점령지의 인민은 평화를 구가 중이지만 미국 점령지 인민은 미군정의 혹정(酷政)에 신음해 각지에서 반란이 일어났으며 제주도가 그 좋은 예'라는 성명을 발표했습니다. 미국을 비난하는 선전에 제주도 폭동을 이용하는 것입니다. 이것은 간과할 수 없는 사태입니다. 이로 인해 국제사회에서 미국 정부의 입장이 상당히 곤란해졌습니다. 이대로는 조선의 독립 역시 좌절될 수도 있습니다."

맨스필드도 같은 말을 했었다. 이 남자는 무엇을 말하고 싶은 것일까. 익렬은 주의 깊게 남자의 말을 들었다.

"신속히 폭동을 진압해야 합니다. 폭도를 지탱하고 있는 것은 그들을 지지하는 도민의 인적, 물적 지원입니다. 그것을 끊어버릴 수 있다면 진압은 수월해집니다. 즉, 폭도가 활동하는 장소 자체를 소멸시켜야 합니다. 한마디로 폭도가 준동(蠢動)할 가능성이 있는 지역을 모조리 불태워버리는 작전입니다. 이 초토작전을 추진하면 폭도 진압은 식은 죽 먹기입니다. 공산주의자의 활동을 근본부터 봉쇄할 수 있을 것입니다."

익렬은 귀를 의심했다.

미합중국은 자유와 민주주의의 나라가 아니었던가.

미군은 극악무도한 일제를 멸망시킨 정의의 군대가 아니었던가.

그 미군이 죄도 없는 제주도민을 몰살하는 초토작전을 명령하려는 것이었다.

만약 실행하면 인류 역사에 영원한 오점으로 기록될 동포학살의 주범이 되라고 말하는 것이었다.

군인의 태도는 단호하면서도 명확해야 한다는 것이 익렬의 신조였다.

"NO!"

익렬은 그 한 단어를 분명하게 발음했다.

그대로 자리를 박차고 나가려는 익렬을 남자가 붙잡았다.

"당신은 나와 계속 의견을 교환해야 합니다. 이것은 상부의 명령이고 당신은 거부할 수 없습니다. 내일 같은 시간에 여기로 오십시오."

다음 날에도 남자는 방긋 웃는 얼굴로 익렬을 맞이했다.

"서울에서 제주도는 빨갱이 섬이라 불리고 있습니다. 제주도민의 90%가 공산주의자라는 보고도 받았습니다. 물론 그 숫자에는 다소 과장이 있겠지만 제주도민의 경향이 그렇다는 사실은 부정할 수 없을 것입니다. 조병옥 경무부장도 "제주도는 사상적으로 상당히 위험하며 강경히 대처할 필요가 있다"라고 말하고 있습니다. 무엇보다 그들이 확고한 신념을 가진 공산주의자라고는 생각하지는 않습니다. 그들은 속고 있는 것입니다. 이른바 부화뇌동한 무리입니다. 저 역시 그들을 그 미망(迷妄)에서 구해주고 싶습니다. 그러나 안타깝게도 우리에게는 시간이 없습니다. 당신은 애국자입니다. 훌륭한 민족주의자입니다. 조국 독립이라는 민족적 대의실현을 위해 일정의 희생이 필요한 것을 부정할 수 없을 것입니다. 지금이야말로 결단을 내려야 합니다. 망설임은 천추의 한을 남길 것입니다."

이름을 밝히는 것도 거절한 남자가 자기 아들 사진을 보여준 적도 있었다. 스물다섯, 여섯 살 정도의 해군 병사 사진이었다.

"이건 제 아들입니다. 당신처럼 정의감 강한 청년으로 자란 것은 좋지만 도가 지나쳐서는 곤란합니다. 젊다는 것이 그런 것일지도 모르지만 인생의 손익을 잘 판별하지 못합니다. 제가 하는 말을 들으면 출세하여 부를 얻을 수 있을 텐데 이를 거절하고 일부러 고생을 자처했지요. 당신은 지금 인생의 기로에 서 있습니다. 초토작전을 감행하여 폭도 진압에 성공하면 군에서의 출세도 마음껏 할 수 있습니다. 장군이라 불릴 수도 있습니다. 군인이라면 모두가 원하는 지위입니다. 당신은 지위도 명예도 얻을 수 있는 일생일대의 좋은 기회를 앞두고 있습니다. 무엇을 망설이십니까?"

익렬이 조금도 수긍하지 않자 노골적으로 유도하기 시도했다.

"당신은 초토작전 실행으로 민족주의자들의 비난을 받아 조국에서 살 수 없지 않을까 걱정하는지도 모릅니다. 그 경우 미국으로 이민갈 수 있도록 처리하겠습니다. 물론 가족들도 함께 말입니다. 미국은 돈만 있으면 행복을 만끽할 수 있는 나라입니다."

말하면서 남자는 몇 권의 잡지를 책상 위에 늘어놓고 책장을 펴기 시작했다.

양면에 사진이 있는 페이지였다.

남쪽 나라의 햇빛이 찬란히 쏟아지는 가운데 수영장 옆에서 반라의 젊은 여성이 여유롭게 일광욕을 하고 있었다.

또는 가슴이 깊게 파인 호화로운 드레스를 입은 아름다운 여자가 와인을 즐기는 사진도 있었다.

어딘가의 궁전으로 생각되는 호화주택 파티의 한 장면이었다.

남자의 말에 의하면 미국에서 수영장이 딸린 집은 생소하지 않으며 미국인들은 서로의 가족을 초대해 이런 파티를 즐긴다고 했다.

"미국으로 이주하면 현금으로 오만 달러를 제공하겠습니다. 오만 달러만 있으면 이런 우아한 생활이 가능합니다. 당신은 우수한 군인입니다. 초토작전을 실행하면 한 달 안에 폭도를 진압할 수 있을 것입니다. 한 달만 참으면 당신은 제주도의 폭도를 진압한 군인으로 갈채를 받고 미국에서 호사스러운 생활을 즐기기만 하면 됩니다."

그래도 익렬이 계속 거절하자 금액을 올리기 시작했다.

"오만 달러가 부족하면 십만 달러는 어떻습니까? 아니. 당신이 제안해 보십시오. 얼마면 승낙하시겠습니까?"

마치 아이 취급하는 것 같았다.

동포를 학살한 뒤 십만 달러를 들고 미국으로 도망치라는 것이었다.

설득은 며칠간 계속되었다. 고문 같았지만, 익렬은 견뎌냈다.

익렬이 결코 제안을 받아들이지 않을 것이란 사실을 안 남자는 당신이야말로 애국자다, 훌륭한 군인이라 치켜세운 뒤 겨우 해방시켜 주었다.

5

김익렬이 제주읍에서 꼼짝 못 하고 있을 당시 순이가 오분자기를 가지고 관사에 왔었다고 했다. 아내와 친해진 순이는 그 후에도 몇 번이나 방문한 모양이었다.

순이가 폭도의 사자라는 사실을 아는 사람은 익렬과 이윤낙을 포함해 몇 명에 불과했다. 그중 한 명이 순이가 병영에 드나드는 것을 금지해야 한다고 진언했다. 폭도에게 제9연대의 비밀이 누설될 우려가 있다는 것이었다.

익렬은 웃으며 진언을 무시했다. 그런 작은 소녀에게 기밀이 발견될 정도로 제9연대가 허술하지 않다는 자신이 있었다.

게다가 최근 산에서 내려와 제9연대에 보호를 요청하는 도민이 늘고 있었고 병영 출입을 거의 제한하지 않았다. 제9연대가 도민을 적대하지 않는다는 점을 폭도에게 보이기 위해서라도 필요한 조치였다. 따라서 폭도가 보호를 요청하는 도민 무리에 스파이를 보내는 것은 쉬운 일이었다. 순이 한 명을 트집 잡는 것은 아무 의미가 없었다.

폭도와의 교섭은 해결에 가까워지고 있었다.

그러나 아직 폭도가 하나의 조직으로 정리됐는지 복수의 조직인지조차 알지 못했다.

폭도의 두목 역시 한 명인지 몇 사람의 합의제인지조차 불분명했다. 두목으로 생각되는 인물의 이름이 거론된 적도 있었지만 확실치 않았다.

김달삼(金達三)이란 남자가 두목이라는 정보도 있었다. 그러나 어디 출신인지 어떤 경력이 있는지 심지어 나이조차 알지 못했다.

익렬은 폭도 두목과의 회담을 바라고 있었다.

때문에 회담 상대는 섬 전체 폭도의 행동을 결정할 수 있는 실력과 권한이 있는 사람이어야만 했으며 대리인과는 회담 의사가 없다는 점을 상대방에게 명확히 전했다. 즉, 회담에서의 결정사항은 그 자리에서 즉결되어야 하며 다른 실력자의 동의가 필요한 자는 만나지 않겠다는 점을 못 박아두었다.

폭도 측에서도 연대장 본인이 회담에 나올 것, 수행자는 두 명까지, 장소와 시간은 폭도 측에서 정하고 장소는 폭도의 진영 내에서 한다는 조건을 붙었다.

즉, 동등한 입장에서 연대장과 폭도두목의 일대일 회담인 것이었다.

독립한 조국에서 국가방위의 국군이 되어야 할 경비대의 권위는 인정하지 않는 것이었다. 익렬은 불쾌할 수밖에 없었다.

게다가 회담 장소 역시 폭도의 진영이었다. 이는 마치 이쪽에서 항복을 요청하러 가는 형식이 아닌가.

상대방은 한 명의 민간인에 불과했지만, 이쪽은 국가기관인 제9연대의 수장이었다.

보통은 폭도 대표가 이쪽으로 와 연대 본부에서 회담해야 하는 것이 아닐까 생각했다.

그러나 폭도 측은 이쪽에서 함정을 판 것이 아닐까 의심했고 회담 장소만은 결코 양보하려 하지 않았다.

시점을 바꿔보면 이쪽은 국가기관이고 저쪽은 민간인이었다. 이쪽은 군이라는 강고한 조직이며 저쪽은 오합지졸에 불과하다. 힘의 관계를 생각해보면 폭도 측이 회담 장소를 자신들의 진영으로 고집하는 것도 이해되었다.

그러나 참모들도 폭도 진영에서의 회담을 반대했다. 연대장을 인질로 삼거나 살해할 위험이 있다는 것이다.

평화회담에 임한 연대장을 살해하면 폭도들은 도민들의 신뢰를 잃게 되고 그 손해는 헤아릴 수 없었다. 상식적으로 그런 짓을 할 리 없겠지만 군사적으로는 가능성이 있다는 것이 참모들의 의견이었다. 즉, 제주도 사정과 지형에 능통하고 제9연대의 장병 상황에 정통한 익렬이 살해당하면 제9연대의 이후 작전에 차질을 가져오는 것이었다. 실제 익렬의 생각에도 경비대에 우수한 인재들은 많았지만, 익렬을 대신해 임무를 수행할 수 있는 인원은 눈에 띄지 않았다. 참모들의 의견에도 일리가 있었다.

그래서 중간지점에서의 회담도 제안했지만, 폭도 측은 막무가내로 받아들이지 않았다.

우물쭈물 지연시킬 시간은 없었다.

심사숙고 끝에 익렬은 혼자 적지로 갈 것을 결심했다.

죽음을 각오했다.

회담은 4월 28일로 결정되었다.

장소는 회담 두 시간 전, 폭도가 연락한 뒤 폭도의 동료가 안내하겠다고 약속했다. 폭도는 끝까지 경비대의 기습을 우려하는 것 같았다.

익렬은 제주읍으로 향했다.

맨스필드에게 다음과 같은 지시가 내려왔다.

① 제9연대의 김익렬은 폭도와의 평화회담에 필요한 일체의 권한을 행사하는 데 있어 미군정 장관 딘 소장을 대리한다. 폭도들의 살인·방화 등 범죄 재판에서 사형을 면하는 사면 권한을 부여하고 그밖에 범죄들도 불문에 부치는 약속의 권한을 부여한다. 서면에 조인된 모든 약속의 이행은 미군정 장관 딘 소장이 책임진다.

② 요구조건은 즉시 전투정지, 무장해제, 죄를 범한 자의 자수와 위법행위 장소·일시·위법행위자의 명단 작성 제출, 이 세 가지이다.

명단은 그곳에 기재된 자 외의 폭도 모두를 불문에 부쳐 수사·신문 대상에서 제외하고 자유롭게 고향으로 보내 생업에 복귀할 수 있도록 보장하기 위함이었다.

27일 저녁 무렵, 익렬은 오랜만에 모슬포 연대 본부로 돌아갔다.

관사로 돌아가니 아무것도 모르는 아내가 웃는 얼굴로 맞이했다.

어머니, 아내와 함께 식탁에 앉았다. 아내의 애정이 담긴 식사가, 이것이 마지막 저녁 식사가 될지도 모른다 생각하며 먹었다. 어머니와 아내는 아무것도 몰랐다. 평정을 가장하면서도 익렬의 마음속은 복잡했다.

살아 돌아올 가능성은 반반이라 생각했다. 상대는 살인·방화를 일삼는 폭도다.

무슨 짓을 벌일지 예상조차 되지 않는다.

폭도의 두목은 과연 약속을 지킬 인격자일까.

그건 알 수 없었다.

그러나 이 회담이 성공하면 많은 인명을 구할 수 있었다. 목숨을 걸어볼 만한 가치는 있는 것이었다.

저녁 식사가 끝나고 잠자리에 들었다. 아내가 잠드는 것을 기다린 뒤 익렬은 일어났다. 성화는 새근새근 온화하게 숨소리를 내며 자고 있었다. 잠시 자는 얼굴을 본 뒤 익렬은 서재로 향했다.

불을 켜고 만년필을 손에 쥐었다.

만일의 사태를 대비해 아내에게 유서를 썼다.

이어서 성장한 모습을 떠올리며 성화에게 유서를 썼다.

그리고 형제, 친구, 상관에게 유서를 썼다.

유서를 쓰던 중 살고 싶다는 생각이 끓어올랐다. 심야는 낮과 달리 망상이 활기를 얻는다. 익렬은 눈을 감고 잡념을 뿌리쳤다.

마지막으로 돌아가지 못했을 때, 부대가 취해야 할 작전행동을 적었다.

모든 작업이 끝난 뒤, 이상하게 마음에 평정이 찾아왔다.

익렬은 다시 잠자리에 들었다.

곧바로 깊은 잠에 빠져들었다.

5장

평화 협상

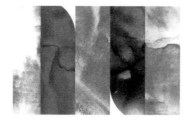

1

4월 28일 아침, 김익렬은 평소처럼 일어났다.

가족과 함께 아침을 먹었다.

식사하며 아내는 성화에게 죽을 먹이고 있었다.

"자. 밥이야."

다정한 말투로 부드러운 죽을 작은 숟가락 끝으로 조금 떠 성화의 아랫입술에 살짝 올려놓았다. 숟가락을 입안에 밀어 넣지는 않았다. 한번은 익렬이 죽을 먹일 때, 숟가락을 입속에 억지로 밀어 넣는 것을 보고 아내에게 심하게 혼이 난 적이 있었다. 그때의 일을 떠올리며 익렬은 미소를 보였다.

성화가 윗입술을 움직여 죽을 받아먹었다. 숟가락이 텅 비면 다시 죽을 떠 말을 걸며 아랫입술 위에 살짝 올렸다. 아내는 익렬 쪽을 보려 하지 않았다. 아내가 움직일 때마다 목덜미에 걸린 흐트러진 머리카락이 살짝 스쳤다.

익렬은 아내의 옆모습을 두고두고 바라보았다.

식사가 끝났다.

익렬은 관사를 나왔다. 아내는 성화를 안고 배웅해 주었다. 평상시와 다르지 않은 풍경이었다.

이게 마지막으로 보는 기회일지 모른다 생각하니 몇 번이고 돌아보고 싶은 충동에 휩싸였지만 독하게 마음을 먹고 견뎠다.

연대 본부에서 폭도들의 연락을 기다렸다.

제주신보 사주 박경훈이 왔다. 오늘 회담에 동행하기로 했다.

오전 11시경, 정보참모 이윤낙 중위가 폭도들의 연락을 가져왔다.

대정면(大靜面) 사무소 앞 산길로 들어가 한라산을 향해 곧장 직진하면 이후 안내하겠다고 했다.

회담은 오후 한 시부터였다.

익렬은 전 장병을 연병장에 모이도록 지시했다.

장병들이 모인 것을 기다린 뒤 익렬은 밖으로 나갔다. 갑자기 연병장에 집합하라는 말에 당황한 모습을 확인할 수 있었다.

단상에 섰다.

집합한 장병들의 얼굴을 둘러본 뒤 익렬은 천천히 입을 열었다.

"지금부터 나는 폭도의 두목과 회담하기 위해 그들이 지정한 장소로 간다."

한차례 술렁거렸다.

익렬은 말을 이었다.

"지금 제주도는 동족이 서로 피를 흘리는 비극의 땅이 되었다. 나는 이 싸움을 종결시키기 위해 회담에 임한다. 화평이 성립되면 많은 사람의 목숨을 구할 수 있을 것이다. 평화의 실현을 위해 나는 모든 힘을 쏟을 생각이다."

거기서 말을 중단한 익렬은 다시 한번 좌우를 둘러보았다.

"그러나 이 회담이 비열한 함정일 가능성도 부정할 수 없다. 만약 폭도들이 공산주의를 내걸어 우리들의 애국애족(愛國愛族) 충심을 무시하고 연대장인 나를 살해한다면 그들은 명백한 민족반역자이다. 그때는 철저히 공산 폭도를 타도, 섬멸하여 나의 원한을 풀고 내 영혼을 위로해주길 바란다."

익렬의 말을 듣고 눈물을 흘리는 인원도 있었다.

"오후 5시까지 복귀하지 않을 경우, 내가 살해당했다고 판단하고 전투작전을 개시해라. 이것은 명령이다."

단상에서 내려와 장병들이 정렬한 사이를 지나 정문을 나갔다. 지프가 대기하고 있었다.

앞좌석에는 운전병과 이윤낙, 뒷좌석에는 익렬과 박경훈이 앉았다.

시계를 보았다. 딱 12시였다.

봄의 햇살은 따뜻했다. 멀리 푸르고 잔잔한 바다가 보였다. 들판은 생기 있는 생명의 숨결로 가득 차 있었다. 붉은 진달래가 초록 들판을 비추어 눈이 부셨다.

제주도의 자연은 봄 축제의 절정을 맞이하고 있었다.

그러나 인간 세상은 증오로 가득 차 있었다.

대정면 사무소 부근에서 일주도로를 벗어나 산길로 들어섰다.

오른쪽의 산방산(山房山)을 보며 완만한 경사를 올라갔다. 정면에는 한라산 정상이 보였다. 넷의 얼굴은 굳어있었고 한마디도 하지 않았다.

길 끝에 소년이 서 있었다.

소를 몰고 있었다.

목동이다.

목동이 지프를 보고 소를 길 중앙으로 끌고 왔다.

운전병이 천천히 지프를 정차했다.

목동이 정중히 고개를 숙인 뒤 말했다.

"연대장님이십니까?"

운전병이 "그렇다"라고 답하자 노란 깃발을 흔들어 어딘가로 신호를 보냈다.

다시 이쪽으로 방향을 튼 목동이 입을 열었다.

"저쪽의 구억국민학교(九億國民學校)로 가 주세요."

운전병이 핸들을 꺾었다.

박경훈이 혼잣말을 중얼거렸다.

"제주도에서 해발이 가장 높은 곳에 있는 국민학교다."

국민학교의 정문에는 보초 두 명이 서 있었다.

일본식 군복을 입고 옛 일본군의 99식 소총을 손에 들고 있었다. 두 명은 옛 일본군 제식의 '받들어 총' 경례로 익렬 일행을 맞이했다.

안에는 수백 명의 주민이 모여 있었다. 과반수가 여성이었다. 여성들은 대개 치마저고리를 입고 있었지만, 남자들의 복장은 옛 일본군 군복부터 농부의 작업복까지 아주 다양했다. 몇 명은 총을 들고 있었다. 카빈총이 많았지만 99식 소총을 가진 사람도 있었다.

지프에서 내렸다.

여기부터 박경훈이 교내로 들어가는 것을 거부당했다. 운전병과 박경훈을 지프에 남겨두고 익렬과 윤낙이 안으로 들어갔다.

익렬이 미소를 지으며 손을 흔들었다.

그러나 주민 대부분은 표정이 굳어있었다. 같이 손을 흔드는 사람도 있었지만, 곧바로 손을 내렸다.

안내받은 곳은 다다미 8장 크기의 일본식 다다미방이었다.

교장의 거실로 생각되었다.

방 중앙에는 깨끗한 테이블이 놓여 있었다.

방에는 여섯 명의 남자가 있었다.

모두 햇볕에 그을렸고 이마에 주름이 많았지만 그중에 한 명, 익렬과 동년배로 보이는 젊은 남자가 있었다. 얼굴이 불그스름해 여자가 화장한 것처럼도 보였다. 눈썹은 진하고 뚜렷했으며 이목 구비가 반듯했다.

그 젊은이가 입을 열었다.

"내가 대표인 김달삼이다. 여기까지 발걸음 해준 것에 감사하 고 있다."

사투리가 전혀 없는 완벽한 서울말이었다.

익렬은 웃음을 지었다.

이 젊은이가 폭도를 통솔하고 있는 것인가. 다른 남자들은 3-40 대 중년이었다. 그 안에 실권을 쥔 사람이 있고 서울말을 쓰는 달삼 을 전면에 내세운 것은 아닐까 하는 의심이 머릿속을 스쳤다.

달삼의 얼굴을 정면으로 응시하며 익렬이 질문했다.

"당신이 진짜 김달삼인가? 당신이 실권을 쥔 것인가?"

"어째서 그런 것을 묻지?"

"마치 영화배우 같은 미남이라 도저히 야만적인 살인자로 보이 지 않기 때문이다."

달삼은 히쭉 입술을 일그러뜨렸지만 다른 남자들은 소리를 내 며 폭소했다. 웃음이 잠잠해지는 것을 기다린 달삼이 대답했다.

"의문을 갖는 것도 무리는 아니겠지만 중요한 것은 애국심과 정신이지 나이는 상관없다."

테이블 앞에 앉으려 할 때, 한 남자가 허리의 권총을 가리키며 고함을 질렀다.

"비무장이라 약속했을 텐데. 그 권총은 우리가 맡겠다."

당장이라도 실력으로 권총을 빼앗을 것 같은 서슬 퍼런 모습이었다. 익렬은 일을 복잡하게 만들지 않게 미소를 보이며 조용히 답했다.

"그렇게 오들오들 겁낼 필요는 없지 않은가? 몇 백 명이나 되는 동료에게 둘러싸여 있는데 권총 한 자루가 두렵다면 웃음거리가 될 거야. 이건 자존심을 지키기 위한 자살용 권총이니 걱정하지 않아도 된다."

즉시 달삼이 남자를 저지한 뒤 사과했다.

"소란을 피워 미안하군. 그 총은 가지고 있어도 상관없어."

테이블 앞에 달삼과 한 명의 남자가 앉았고 다른 남자들은 방에서 나갔다. 익렬과 윤낙도 앉았다.

방의 창문은 열려있었다. 무장한 남자들이 교정을 순찰하고 있었다. 창문 밖에서 얼굴을 내밀며 들여다보기도 했다. 익렬은 순찰병에게 웃음을 지으며 손을 흔들었지만 반응은 없었다.

달삼이 말했다.

"슬슬 본론으로 들어가지."

담배를 꺼내며 익렬이 대답했다.

미국산 럭키다.

"뭐, 시간은 충분하니까 그렇게 서두를 필요는 없지 않은가?"

익렬이 담배를 권하자 달삼은 부루퉁한 표정으로 백두산이라는 국산 담배를 꺼냈다.

"이 담배조차 우리에게는 귀하기 때문에 필까 말까 망설이며 피우고 있다. 이 맛있는 국산 담배를 앞에 두고 미국 담배를 피울 생각은 없다. 그건 당신들이 피우면 된다."

분위기를 어떻게든 부드럽게 만들기 위해 익렬이 화제를 바꿨다.

"산에서의 생활은 힘들지 않은가? 의식주 해결만으로도 고생일 텐데."

"그런 것은 없다. 다 괜찮다."

"부상자도 많지 않은가? 병원도 없어 제대로 된 치료조차 못 받을 텐데. 의약품 보조도 가능한데."

"그런 걱정은 필요 없다. 총에 맞으면 된장을 발라 치료하고 있다. 싸우며 총에 맞는 것은 대수롭지 않다. 된장을 바르면 나으니까."

허세를 부리고 있는 것은 분명했지만 그 부분을 추궁하지는 않았다.

"같은 민족끼리 피를 흘려야 하는 이유가 뭐지?"

"우리가 원해서 이런 짓을 하고 있다고 생각하는가? 경찰과 서청이 마을에서 하나부터 열까지 약탈해 가지. 젊은 남자가 있으면 연행해 때리고 발로 차 폭행하고 젊은 여자만 보면 덮치려 한다. 그런 꼴로 살 수 있다고 생각하는가? 어쩔 수 없이 산으로 올라간 거다. 말하자면 자위권의 발동이다."

"경비대가 토벌에 참여하지 않은 이유를 알고 있나?"

"우리들의 궐기 동기를 이해하고 동정과 호의를 가졌기 때문이겠지. 이 때문에 상부에서도 토벌 명령을 내릴 수 없는 것이 아닌가?"

"군이란 개인의사와 상관없이 명령하면 싸워야 하는 조직이다. 오늘 회담이 결렬되면 다음엔 전장에서 대면하게 될 것이다."

달삼의 얼굴이 굳어졌다.

익렬은 조금 더 위협을 가하기로 했다.

"당신들과 경찰의 교전을 나는 몇 번이나 관전했다. 돌이 많은 제주도에서는 돌담을 끼고 사격전을 벌이기 쉽지. 그렇게 되면 토벌 효과가 없다. 돌담이 많은 제주도에서는 박격포가 효과가 있지. 그래서 나는 박격포부대의 파견을 상부에 요청했다. 지금 그 부대의 도착을 기다리고 있다."

달삼은 상당한 충격을 받은 것 같았다.

박격포를 운운한 것은 새빨간 거짓말이었다. 제9연대는 물론 경비대 전체가 박격포와는 관련 없었고 박격포부대 역시 존재하지 않았다.

어느새 창문 밖을 오가던 무장한 폭도들의 모습이 보이지 않았다. 달삼이 순찰을 중지시켰을지도 모른다.

회중시계를 꺼내 시간을 확인한 달삼이 말했다.

"슬슬 정식으로 이야기해보자. 당신은 미군정하의 조선인 군인이다. 오늘 교섭결과의 약속이행 권한이 얼마나 있지?"

"연대장 개인 자격으로 회담에 임할 권한은 없다. 나는 미군정 장관의 지시로 여기 왔다. 따라서 나의 권한은 미군정 장관 딘 소장의 권한을 대표하며 오늘 내 결정은 군정장관의 결정이다."

"그렇다면 회담이 성립한다. 나 역시 의거에 참여한 제주도민

전원에게 권한을 위임받았다."

달삼은 미리 준비한 것으로 보이는 노트를 펼치고 거침없이 연설을 시작했다.

"우리 민족이 자주독립을 달성해야 하는 이 시기에 일제하 민족반역자 경찰과 일제의 고관(高官)이었던 자들은 자신의 죄상이 세상에 드러나는 것이 두려워 미 제국주의의 앞잡이가 되었다. 특히 경찰은 대낮에 당당히 무고한 도민의 재산을 약탈하고 고문, 살인 심지어 부녀 폭행 같은 범죄행위를 자행하고 있다. 이런 사례는 일일이 열거할 수 없을 정도이다. 게다가 만주와 북반부에서 일제 강점기 악질 경관과 민족반역자였던 자들이 남반부로 도망쳐 반공 애국자로 행동하고 있다. 최근에는 서북청년회를 조직해 수백 명이 제주도로 몰려와 경찰의 권위를 빌려 갖은 포학함을 부리고 있다. 이 때문에 선량한 제주도민은 더는 견딜 수 없어 친일파와 일제강점기의 악질 경찰을 제주도에서 몰아내기 위해 무장의거해 궐기한 것이다. 이 의거를 수습하고자 한다면 미군정은 제주도에서 일제 경찰과 민족반역자 관리를 추방하고 제주도민에 의해 구성된 경찰과 관리를 채용하여 제주도민을 위한 행정을 해야 한다. 그렇지 않으면 최후의 한 명까지 싸워 목적을 달성할 각오이다."

익렬은 신중히 달삼의 연설을 들었다. 우선 의외였던 점은 연설 중에 공산주의자의 상투적 말투라 할 수 있는 '노동대중' '부르주아' '착취계급'과 같은 말이 없다는 것이었다.

경찰은 일련의 사태를 공산주의자의 선동에 의한 폭동으로 규정하고 있다. 그렇다면 이 남자는 확고한 신념의 공산주의자여야만 한다. 그러나 달삼의 연설에서 공산주의자 '냄새'는 나지 않았다. 익렬 일행을 기만하려 일부러 그렇게 행동했다면 상당한 연기였다.

달삼은 경찰과 서청의 횡포를 호소하고 멈출 것을 요구했지만 그 외의 정치적 요구를 내걸지 않았다.

경찰과 서청에 대한 요구도 고문, 살인, 약탈, 부녀 폭행을 한 자들을 잡아 처벌할 것까지는 요구하지 않았다.

달삼의 호소는 익렬의 입장에서도 정당하고 최소한의 요구라 생각했다. 희망이 보인다고 익렬은 생각했다.

하지만 조금 더 탐색해보기로 했다.

"해방 후 삼 년, 미군정의 군인으로 미국식 민주주의를 배웠지만 지금도 민주주의가 무엇인지 완전히 모르는 것이 사실이다. 당신도 그렇지 않은가? 지금까지 얼마만큼 공산주의를 배우고 이해했는가? 잘 알지도 못하는 공산주의나 민주주의 같은 외래사상 때문에 더없이 소중한 청춘과 생명을 바칠 필요는 어디에도 없다. 민족의 독립이 무엇보다 중요하다. 무기를 버리고 귀순하길 바란다. 조국 독립을 위해 힘을 합쳐 노력해야 하지 않겠나?"

그것을 듣고 달삼의 안색이 바뀌었다.

"연대장은 정의감이 강하고 선악을 식별할 줄 아는 분별 있는 인간이라 생각했지만, 당신 역시 민족반역자와 악질 경찰처럼 자신의 죄를 감추고 우리의 의거를 공산주의자의 소행으로 단정 짓는 것인가? 당신이 정말 그렇게 생각한다면 회담을 계속할 필요는 없다. 우리는 마지막 한 사람까지 싸운다. 더는 믿을 곳은 없으니 북쪽에 연락하고 마지막에는 소련에 의지할 수밖에 없다."

"소련에 연락할 방법은 있나?"

"있지."

달삼은 즉답했지만, 익렬은 허세가 틀림없다고 판단했다.

"당신들이 공산주의자가 아니라면 왜 이런 무서운 유혈사태를 일으킨 거지?"

"우리는 공산주의자가 아니다. 이것은 도민을 구하기 위한 의거다. 처음에는 경찰에게 구금되어 고문으로 죽어가는 도민을 구출하기 위해서였다. 그런데 경찰을 습격해보니 경찰은 말도 안 될 정도로 약했다. 경찰을 향한 도민의 반감은 상상 이상으로 격렬했고 그 결과 이렇게 된 것이다. 봉기를 일으키고 싶어 일으켰다고 생각하는 것인가? 이건 살기 위해 어쩔 수 없이 일으킨 것이다. 우리의 조건을 받아들여 자유롭게 살 수 있게 해 준다면 지금 당장이라도 집에 돌아가고 싶다."

달삼이 하고 싶은 말은 충분히 이해가 갔다.

진정성 넘치는 말이었다.

익렬은 크게 고개를 끄덕였다.

"당신이 공산주의자가 아니라면 회담을 계속하지. 우선 이쪽의 조건을 제시하겠다. 첫째, 전투행위 즉시 중지. 둘째, 무장해제. 마지막으로 법을 어긴 자의 명단을 제출하고 즉시 자수할 것, 이 세 가지다."

잠시 생각한 뒤 달삼이 대답했다.

"우선 첫 번째는 섬 전체에 연락하는 데 시간이 걸려 전투행위의 즉시 중지는 불가능하다. 닷새 후로 해 주었으면 한다."

달삼이 폭도의 우두머리란 것이 거짓이 아닐까 하는 생각이 익렬의 뇌리를 스쳤다. 몇 명의 우두머리가 있고 다른 두목의 동의가 필요해 닷새라는 말을 꺼낸 것이 아닐까 생각했다.

"당신이 유일한 실권자가 아니고 몇 명의 다른 실권자가 있어 합의를 위해 닷새가 필요한 것은 아닌가?"

"그런 것은 아니다. 연락하는 데 시간이 걸린다."

"단순히 시간이 문제라면 대정면, 중문면의 전투는 즉시 중단하고 그 외 지역은 24시간 이내 전투중지라는 조건은 어떤가?"

"아니. 무리다. 어떻게 하더라도 닷새가 걸린다. 생각해보게. 예를 들어 여기에서 섬 반대편인 구좌면(舊左面)에 연락하려면 어떻게 해야 하지? 물론 무선 같은 건 없다. 일주도로를 지프로 내달릴 수도 없다. 경찰의 습격을 경계하면서 한라산 능선 줄기를 답파(踏破)해야 한다."

달삼의 말에도 일리가 있었다.

확실히 섬 반대편으로 사람을 보낸다고 생각하면 2, 3일이 걸린다. 게다가 각 지역에서 모임을 가져야 하는데 그것만 해도 며칠이 걸릴 것이다.

"그러면 이렇게 하자. 72시간 이내에 전투를 중지한다, 산발적 전투는 연락이 닿지 않은 탓으로 간주하겠지만 닷새 이후의 전투는 배반 행위로 간주하는 것은 어떤가?"

"알겠다. 다음으로 두 번째 무장해제에 관해서는 우선 비무장 주민을 하산시킨다. 그리고 3개월간 약속이 이행되었는지 확인한 뒤, 자유와 안전이 보장되면 전원 무장해제에 응한다."

"그것은 무장해제를 의미하지 않는다. 전원 무장해제가 실현되어야 한다."

"약속이 제대로 이행되었는지 아닌지도 모르는데 무장해제가 될 리 있는가?"

달삼의 말도 지당했다.

익렬은 타협하기로 했다.

"그렇다면 단계적 무장해제란 조건은 어떤가?"

"그렇게 하지. 만약 약속을 이행하지 않는 경우, 즉시 전투를 재개한다."

"알겠다. 세 번째 건은 어떤가?"

달삼이 고쳐 앉았다.

"살인·방화는 정당방위이다. 봉기는 의거이며 위법행위가 아니다."

"이유가 어찌 되었든 법치국가에서 법을 통해 집행된 것이 아니면 살인·방화 같은 행위는 세계 어느 나라든 위법행위이다. 그 정당성의 여부는 재판으로 판정되어야 한다."

"법치국가라면 정당방위도 당연히 인정해야 한다. 의거에 의한 행위는 모두 합법이다."

이 문제에 달삼은 완강히 저항했다. 이 문제를 고집하면 앞으로 나아갈 수 없었다.

익렬은 우선 이 문제는 보류하자고 제안했다.

"이 문제는 나중에 다시 이야기하는 것으로 하지. 내 요구는 이 세 가지이다. 그쪽의 요구를 들어보도록 하지."

"첫째, 단독정부를 획책하는 미군의 철수. 둘째, 악질 경찰과 서청의 추방. 셋째, 제주도민에 의한 경찰이 편성될 때까지 경비대가 치안을 담당할 것. 넷째, 의거에 참여한 자의 죄를 모두 불문에 부칠 것. 이 네 가지이다."

첫 번째는 고도의 정치적 문제로 여기서 해결될 문제가 아니었다. 네 번째는 조금 전 보류했던 문제였다.

어찌 되었든 하나하나 문제를 풀어갈 수밖에 없었다.

익렬은 말을 신중히 선택하며 논의를 이어갔다.

"미군 철수는 여기서 할 수 없는 문제란 것을 이해해줄 수 없겠는가? 그 문제는 어떻게 해 줄 수 없지만, 생명과 의식주 문제만은 최대한 보장하도록 노력하겠네."

달삼도 그 문제를 고집할 생각은 아닌 것 같았다. 미군 철수 건은 애매한 상태로 다음 문제로 넘어갔다.

"민족반역자인 악질 경찰과 서청을 추방해야만 한다. 제주도민에 의한 행정과 경찰 업무를 수행할 수 있도록 해주면 좋겠다."

"돼지를 빼앗고 깨끗한 옷이 있으면 가져가는 행위는 강도와 마찬가지이다. 그러한 사실이 입증되면 처벌하도록 하지. 그러나 제주도민만으로 구성된 행정·경찰은 정치적 문제이지 군의 소관이 아니다. 독립이 실현되고 우리 정부가 수립되면 그렇게 될 것이다. 그 점은 약속하지."

"제주도민에 의한 경찰이 편성될 때까지 경비대가 치안 유지를 담당해줬으면 좋겠다. 현재의 경찰은 해체되어야 한다."

"이 회담이 성공하면 저절로 경비대가 치안 유지를 맡게 될 것이다. 당연히 경찰은 나의 지휘하에 놓인다. 따라서 현 경찰을 해체할 필요는 없다. 인원을 단계별로 교체하도록 하지."

대략 이 선에서 합의를 얻을 수 있었다. 나머지는 아까 보류한 문제였다. 그러나 이는 어려운 문제였다.

"의거에 참여한 자들 전원의 죄를 묻지 말고 안전과 자유를 보장해 주시오."

"교전 중 행위 외의 살인·방화는 책임을 물어야 한다. 그러나 그 외 모든 인원은 불문으로 한다. 군에 귀순하면 생명·재산·안전·자유를 보장한다. 살인·방화를 저지른 자더라도 귀순하면 사형을 면하게 해주겠다."

"그럼 이야기가 성립되지 않는다. 의거는 정당방위이다. 악질 경찰과 서청이 어떤 짓을 했는지는 연대장도 잘 알지 않은가?"

달삼은 전원 불문을 고집했다. 달삼의 말은 이해가 갔지만 그걸 인정하면 모든 책임이 군정에 있는 것이 된다. 사태 악화의 책임이 경찰과 서청에 있음을 인식하고 있는 맨스필드 제주도 군정장관이더라도 그건 인정할 수 없을 것이다.

익렬은 어떻게든 '선별 불문' 선에서 합의를 호소했지만, 달삼은 '전원 불문'을 양보하려 하지 않았다.

시곗바늘은 어느새 4시 30분에 가까워져 있었다.

"이제 돌아가야 한다. 5시까지 연대 본부로 돌아오지 않으면 회담이 결렬돼 내가 살해당한 것으로 간주해 보복전투를 하라 명령했다. 그렇게 되면 불필요한 오해가 생겨 의미 없는 피가 흐를 것이다. 오늘은 일단 휴회(休會)하고 내일 다시 여기서 만나는 것으로 하지."

익렬의 말에 장소의 공기가 얼어붙었다.

달삼이 한 마디, 한 마디 끊어가며 선언했다.

"오늘 결론이 나지 않으면 결렬이다."

회담 합의까지 약 한 걸음만 남았다. 이대로 결렬될 수 없었다. 잠시 생각한 뒤, 익렬이 천천히 입을 열었다.

"그러면 마지막 제안을 하겠다."

자리가 조용해졌다.

"법을 어긴 자의 명단을 작성해 책임의 한계를 명확히 한 뒤, 명단에 기재된 자가 자수할지 도망갈지는 본인의 의사에 맡기겠다. 당신과 지도자는 중벌을 면치 못할 것이다. 그러나 산에 들어간 도민의 귀순과 무장해제가 실현되면 합의서에 명문화해줄 수는 없지만 내 개인 자격으로 선박을 준비해 섬 밖 혹은 일본으로 탈출할 수 있게 배려하겠다. 현재 모슬포항에는 나포된 일본어선 십여 척이 정박되어 있다. 그중 한 척을 제공하겠다."

법을 어긴 자가 자수할지 도망갈지는 본인에게 맡긴다는 제안이었다. 사실상 폭도 전원을 무죄방면(無罪放免)하겠다는 것이었다. 적어도 군정의 체면을 지킬 수는 있었다. 군정의 권위를 지키는 동시에 폭도를 이해시킬 수 있는 유일한 방법이었다.

어느새 창문 주위에 군중들이 모여 있었다.

익렬을 바라보는 군중들의 얼굴에 안도의 빛이 나타났다.

서로의 얼굴을 보며 고개를 끄덕이고 있었다.

달삼이 엄숙하게 말했다.

"그 조건에 합의하지."

달삼이 손을 내밀었다.

익렬이 그 손을 잡자 창문 밖에서 환성이 터져 나왔다.

익렬의 손을 잡으며 달삼이 말했다.

"귀순과 무장해제가 끝나고 모든 약속이 준수·이행된다면 나는 당당히 자수해 모든 책임을 질 작정이다. 그리고 법정에서 이번 행동이 자위권을 위한 정당방위였다는 사실을 증명하고 경찰의 억압·만행을 만천하에 밝히겠다."

달삼이 젊은 나이에도 불구하고 도민의 신뢰를 얻을 수 있었던 것은 이러한 청렴결백함 덕분일지도 모른다고 익렬은 생각했다.

시간이 없었다. 곧바로 합의 내용을 문서화했다.

> ① 72시간 이내에 전투를 완전히 중단한다. 산발적 충돌이 있더라도 그건 연락 불충분에 의한 것으로 본다. 그러나 닷새 이후의 전투는 배신행위로 간주한다.
> ② 무장해제는 단계적으로 실행한다. 약속 위반이 생기면 즉시 전투를 재개한다.
> ③ 무장해제와 하산이 원만히 끝나면 지도자의 신변을 보장한다.

내일 모슬포 연대 본부와 제주읍 비행장에 귀순자 수용소를 설치하고 이후 서귀포, 성산포에도 수용소를 설치한다. 군이 수용소를 직접 관리하며 경찰의 출입통제도 결정되었다.

밖에 있던 도민이 방으로 들어왔다. 모두 기쁨의 목소리를 내고 있었지만 정말 약속이 지켜질지 불안을 호소하는 사람도 많았다. 도민 몇 명은 직접 익렬에게 와서 약속을 지켜달라 호소했다.

익렬 한 사람의 말만 믿고 자신들의 목숨을 맡기는 것이다. 그들이 불안하게 생각하는 것도 무리는 아니었다.

익렬이 달삼에게 말했다.

"오늘 약속은 나의 목숨과 명예를 걸고 이행하도록 노력하겠다. 약속이행이 확인될 때까지 내 가족 모두를 당신들에게 인질로 바쳐도 좋다."

달삼은 가만히 익렬의 얼굴을 응시했다.

눈이 촉촉했다.

"감사합니다. 그렇게까지 민족을 사랑한다면…. 이 이상 할 말이 아무것도 없습니다."

"어떻게 하면 될까. 가족을 인도할 일시와 장소를 지정해 주게."

"나이 드신 어머님과 연약한 부인, 어린 자식을 불편한 산으로 모시는 것은 정말 못할 짓입니다. 그러나 약속이행까지 불안감이 있으니 연대 안의 관사에서 나와 대정면의 전(前) 면장의 집으로 옮겨주셨으면 좋겠습니다. 그 근처에 군인의 출입도 못 하게 해 주십시오. 가족분들이 어떤 불편함도 없이 생활할 수 있도록 이쪽에서 배려하겠습니다."

익렬이 누구와 함께 살고 있는지를 포함해 폭도들은 익렬의 정보를 상세히 조사한 모양이었다.

달삼이 지정한 전 면장의 집이라면 잘 알고 있었다. 익렬이 관사에 들어가기 전에 잠시 신세를 진 적이 있었다.

익렬이 밖으로 나왔다. 도민들이 익렬의 주변에 모여들었다. 마치 익렬이 폭도들의 우두머리가 된 것 같았다.

젊은 어머니가 빵빵하게 부푼 저고리의 가슴을 가리키며 호소했다.

"빨리 아기에게 모유를 먹여야 하는데…."

모두 감사의 마음을 전하는 동시에 귀순 후에 경찰로부터 지켜달라 호소했다. 사람들 틈에 끼어 이리저리 시달리면서 지프까지 왔다.

연대 본부가 보였다.

완전무장한 병사들이 트럭 몇 대에 탄 채로 대기하고 있었다. 출동준비는 끝난 것 같았다.

지프에 탔다. 폭도들의 배웅을 받으며 개선장군처럼 구억국민 학교를 떠났다.

연대 본부로 돌아갔다.

회담의 성공을 전하며 전투 준비 해제와 수용소 설치를 명령한 후, 바로 제주읍으로 향했다.

2

구억국민학교 교정 구석 땅바닥에 털썩 주저앉아있던 순이는 계속 교장실 쪽을 엿보고 있었다. 교장실의 창문은 열려있었지만 이쪽에서 안쪽 상황은 알 수 없었다. 아까부터 몇 번이나 교장실 쪽으로 눈을 돌렸지만 전혀 변화가 보이지 않았다.

주변 여자들은 두서없는 이야기로 흥겨워하고 있었다. 순이는 적당히 건성건성 대답하며 교장실을 계속 주시했다.

교정에는 백 명 이상의 사람들이 모여 있었다. 옛 일본군의 99 식 소총을 든 남자도 몇 있었지만, 여자가 압도적으로 많았다. 모 두 경찰과 서청의 횡포에서 벗어나기 위해 정든 마을을 떠난 피난 민이었다. 옷이건 냄비건 간에 손에 들 수 있는 만큼 가지고 산으로 피난한 사람들이었다.

젊은 순이에게 산에서의 생활은 크게 힘들지 않았지만, 노인과 아이를 안고 있는 사람들에게는 고생이 이만저만이 아니었다. 경찰과 서청의 손이 닿지 않는 깊은 산속 마을의 친척에게 부탁한 사람들은 지붕 아래서 잘 수 있었지만, 대부분은 빗방울을 피하기 위해 동굴에서 생활했다.

오늘은 이곳에서 중요한 담판이 있을 거란 이야기를 듣고 모여 들었다.

정치 같은 어려운 이야기는 잘 몰랐지만, 오늘 담판이 잘 지어지면 다시 마을로 돌아가 예전처럼 생활할 수 있는 것은 확실했다.

김익렬 연대장이 지프를 타고 여기 구억국민학교에 온 것은 정오가 조금 지난 무렵이었다. 교문 근처, 지프에서 내린 연대장은 상냥한 미소로 손을 흔들며 교정을 지나 교장실로 들어갔다.

멀리서 그 모습을 바라보며 순이는 무심코 미소 지었다.

제9연대 관사에서 연대장과 만났을 때가 생각났다. 연대장이라 하면 잘난 사람이 틀림없었지만, 조금도 잘난 척하지 않고 어린 순이를 따뜻하게 대해 주었다.

순이는 익렬에게 아버지의 모습을 발견했다. 순이의 아버지에 비하면 익렬은 아주 젊었지만 어딘가 닮은 분위기가 있었다. 생김새가 아닌 따뜻한 분위기 같은 것이 비슷했다.

순이의 아버지는 순이를 귀여워했다. 자신을 안아 올려주던 아버지의 커다란 손을 지금도 느낄 수 있었다.

4년 전, 순이의 아버지는 들에서 일하던 중, 갑자기 경찰에게 연행되어 그대로 트럭에 실려 일본으로 끌려가 버렸다. 순이의 아버지를 연행한 것은 일본 경찰과 지금도 결코 잊을 수 없는 같은 마을 출신 김태호(金泰鎬) 순경이었다.

순이의 아버지를 끌고 간 곳이 일본 규슈(九州)에 있는 아소(麻生)탄광이란 사실을 알게 된 것은 훨씬 나중의 일이었다. 조국이 해방된 뒤에도 순이의 아버지는 돌아오지 않았다.

순이의 어머니가 남편의 행방을 찾기 위해 사방팔방 다녔지만, 생사조차 알 수 없었다. 같은 아소탄광에서 돌아온 사람들에게 이야기를 듣기도 했다. 아소탄광은 그야말로 지옥과 다름없는 곳이었다고 했다.

조국이 해방되자 일제의 앞잡이로 으스대던 김태호는 자취를 감추었다. 그런데 채 반년도 지나지 않아 미군정의 순경이 되어 돌아왔다. 그리고 김태호가 끌고 온 것이 결코 일제의 경찰관에 뒤지지 않는 서청 남자들이었다. 강헌창에게 도움을 받았던 그날 순이를 덮친 남자도 김태호가 마을에 끌어들인 서청이었다.

익렬과 만났을 때 순이는 아버지를 떠올렸다. 때문에 이번 담판이 반드시 잘 될 거라 믿고 있었다.

그 연대장이라면 분명 말이 통할 거라 확신했다.

오늘 담판의 실현에 일조했다는 사실을 순이는 자랑스럽게 생각했다.

담판이 잘 지어지면 연대장이 악질 경찰들을 쫓아낼 거라 들었다. 즉, 김태호 따위가 제멋대로 설치지 못하는 세상이 될 것이었다.

연대장의 부인도 따뜻한 사람이었다. 거리의 높으신 분들 부인은 해녀 같은 사람을 인간 취급조차 해주지 않았지만, 연대장의 부인은 그렇지 않았다. 그날 이후 몇 번, 관사를 방문했었다. 연대장과는 만날 수 없었지만 연대장 부인과 친해졌다. 순이가 가지고 온 해산물을 좋은 가격에 사주는 것도 고마웠다.

갑자기 교장실 주위에서 환성이 들렸다.

순이는 일어섰다.

교장실 주변에 사람들이 많이 드나들고 있었다.

익렬이 모습을 드러냈다.

주변 사람들에게 시달리면서도 만면에 미소를 보이고 있었다.

담판이 잘 지어진 것이었다.

순이는 가슴 앞에서 작은 주먹을 꽉 쥐었다.

눈물이 쏟아져 나왔다.

이제 마을에 돌아갈 수 있었다.

연대장이 있는 곳으로 달려가고 싶었지만, 행동으로 옮기진 않았다.

익렬은 사람들에게 둘러싸인 채 교정을 가로질러 교문 밖에 세워둔 지프에 올라탔다.

순이는 태양을 보았다.

오늘은 음력으로 3월 20일이었다.

그렇다는 것은 중조(中潮)를 의미했다.

순이는 주변을 둘러보았다. 해녀 대선배인 할머니를 발견하고 달려가 물었다.

"할머니 오늘 조수가 당겨지는 건 몇 시쯤이야?"

눈곱이 붙은 눈을 깜박거리며 할머니가 되물었다.

"뭐야. 아닌 밤중에 홍두깨처럼. 지금 바다에 들어가려고?"

순이는 피식 웃으며 고개를 끄덕였다.

"유별나구나."

"그냥 알려줘."

"오늘이 분명 3월…."

"3월 20일."

"그렇다는 건…."

할머니가 손가락을 접었다 펴면서 무언가 중얼거리기 시작했다. 할머니의 손가락이 달력이었다.

"중조니까 조수가 당겨지는 건 7시쯤이려나."

"고마워."

그 말을 듣자마자 순이는 달리기 시작했다. 서둘러 항상 숙식하던 동굴로 향했다. 바다에 들어갈 때 쓰는 도구도 거기 두었다. 오늘은 바다에 잠수할 계획이 아니었기 때문에 그물과 조개를 긁어 채취하는 까꾸리 등 두세 개 도구로 충분했다.

도구를 손에 쥐고 순이는 산을 달려 내려갔다.

이 부근 바다에 들어가기 시작한 건 얼마 되지 않았다. 하지만 이미 좋은 오분자기 사냥터를 발견해 두었다.

해변의 불턱에 들어갔다.

불턱이란 해녀의 휴게소였다. 여기서 옷을 갈아입거나 몸을 녹이곤 했다. 예상대로 불턱에는 아무도 없었다. 마른 나뭇가지를 모아 불을 붙였다. 불이 충분히 타오르는 것을 확인한 뒤, 바다로 향했다.

태양을 봤다.

어두워지기 전에 끝내는 것이 관건이었다.

목표는 오분자기뿐이었다.

오분자기는 전복과 유사해 전복의 새끼로 생각할 수 있지만, 전복과는 전혀 다른 조개였다. 실제로 작은 전복과 구별되지 않을 정도로 닮았지만 아는 사람에게는 그 차이가 분명했다.

우선 껍질에 열린 구멍의 수가 달랐다. 전복은 네 개에서 다섯 개지만 오분자기는 여섯 개에서 많게는 아홉 개가 열려있었다.

또한 전복은 구멍이 굴뚝처럼 높지만, 오분자기는 달랐다.

먹어 보면 그 차이는 확연했다. 맛은 꽤 비슷하지만, 식감이 달랐다. 전복은 꽤 단단하고 쫄깃하지만, 그에 비해 오분자기는 부드러웠다.

그리고 사는 곳이 달랐다.

전복은 꽤 깊은 곳에 살았다. 특히 대물을 노리려면 십 미터 이상 잠수해야 했다. 순이도 전복을 노릴 때는 이십 미터 정도를 잠수했다.

그에 반해 오분자기는 대체로 간조대에 서식했다. 물속이라 해 봤자 기껏해야 간조대에서 수 미터 아래였다.

때문에 오분자기를 노릴 때는 대조(大潮)인 날의 썰물 때, 바다로 들어가는 것이 가장 좋았다. 크게 고생하지 않아도 대량의 오분자기를 잡을 수 있었다.

오늘은 중조였다. 조수가 당겨지는 건 오후 7시로 어두운 시간이었다. 그다지 좋은 조건은 아니었지만 못 잡을 정도는 아니었다.

불턱에서 나온 순이는 바다로 들어갔다. 제주도 특유의 검은 현무암 위를 능숙하게 나아갔다. 순이만 아는 비밀 사냥터는 조금 더 앞에 있었다.

조수는 아직 당겨지지 않았다. 허리 부근까지 물에 담근 뒤 앞으로 나아갔다.

　오분자기가 숨어있을 것 같은 바위는 모양이나 크기를 보고 대강 짐작할 수 있었다.

　바닷속 바위를 주시하며 전진하던 순이가 싱긋 웃었다. 물속에 손을 뻗어 커다란 바위를 뒤집었다. 물속에는 부력이 있어 꽤 큰 바위라도 어렵지 않게 움직일 수 있었다.

　뒤집힌 바위 바닥에 오분자기 두 마리가 달라붙어 있었다. 까꾸리로 능숙하게 떼어냈다. 순이의 손바닥에 딱 잡힐 정도의 작은 오분자기였다.

　오분자기를 그물망에 넣고 앞으로 더 나아갔다.

　다음 사냥감은 순이의 손바닥을 삐져나올 정도의 대물이었다. 순간 전복이라 생각할 정도였다.

　오늘 밤, 오분자기를 긁어내며 입맛을 다실 연대장의 모습이 떠올랐다.

　미소를 띠며 순이는 더욱 앞으로 나아갔다.

　날이 저물 때까지 스무 개 정도의 오분자기를 잡았다. 중조인 것을 고려하면 꽤 많이 잡은 것이었다.

　불턱으로 돌아갔다. 불은 꺼지지 않았다. 잠시 몸을 녹인 뒤, 순이는 연대장의 관사로 향했다.

3

맨스필드 제주도 군정장관은 회담의 성공을 진심으로 기뻐하며 익렬을 칭찬했다. 그날을 기점으로 모든 경찰은 지서 방어를 제외한 외부행동 일체를 금지한다는 명령이 내려졌다.

지서 울타리 밖 모든 치안은 경비대가 담당하게 되었다.

모슬포의 연대 본부로 돌아온 것은 한밤중이 지나서였다.

관사로 돌아갔다.

육체는 매우 지쳐있었지만, 흥분이 가시지 않아 잠들 수 없을 것 같았다.

배가 고팠다.

생각해보니 아침을 먹은 뒤 제대로 된 식사를 하지 않았다.

아내에게 간단한 야식을 부탁했다.

"소주 한 병 부탁해."

아내가 싱긋 웃었다. 아내에게 아무것도 말하지 않았지만, 회담의 성공은 알고 있는 것 같았다.

"글세. 그렇게 드문 일도 있군요."

성화의 잠든 얼굴을 보며 기다리니 아내가 밥상을 들고 왔다. 밥상 위에는 오분자기 조림이 있었다.

"이게 웬 진수성찬이야?"

"날이 저물고 순이가 가져다주었어요. 순이도 굉장히 기뻐 보였어요."

평화회담의 성사를 듣고 바다에 들어간 것일까. 순이가 가지고 왔다는 오분자기를 긁어내며 소주를 마셨다.

"당분간 전 면장의 집에서 생활해야 해."

익렬은 어렵게 말을 덧붙였다.

"인질이 되어주었으면 해."

인질이란 말을 들어도 아내는 표정 하나 바뀌지 않았다.

"당신에게 도움이 되는 일이라면 기꺼이."

익렬은 고개를 숙였다.

"고마워."

오분자기를 덥석 물었다.

맛있었다.

6장

오라리(吾羅里)

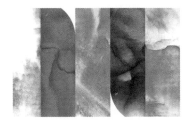

1

김익렬 연대장과 폭도와의 회담이 있던 4월 28일 밤, 모슬포 제9연대 병영은 이상한 흥분에 휩싸였다. 제주도에 평화가 오는 것은 제주 출신 병사들에게 특히 각별한 기쁨이었다.

어디서 이야기를 듣고 온 것인지 우두머리는 장비(張飛)처럼 불그스레한 얼굴에 몸집이 큰 사나이라든가 아니다, 영화배우를 해도 손색없는 미남이라든가와 같은 다양한 소문이 난무했다.

담판이 순조롭게 진행된 것만은 아니었다는 이야기도 전해졌다. 연대장과 폭도의 우두머리가 총을 들고 대치하는 일촉즉발의 상황까지 갔다는 이야기가 그럴싸하게 회자되고 있었다.

그리고 어떤 소문이든 최후에 연대장의 대담한 제안으로 극적인 화해가 이루어졌다는 공통점이 있었다.

강헌창도 흥분되어 좀처럼 잠을 이루지 못했다.

가장 기뻤던 것은 앞으로 제9연대가 제주도 치안유지를 담당하게 된 점이었다.

즉, 앞으로는 경찰이 제멋대로 행동하게 두지 않는 것이었다.

헌창을 비롯한 제주 출신 병사들 모두는 육지에서 온 친일 경찰과 서청 같은 청년단체의 횡포에 크게 시달린 사람들이었다. 경찰과 서청의 손아귀에서 벗어나기 위해 경비대에 지원한 사람도 많았다.

이로써 옛날처럼 평화롭고 여유로운 제주도로 돌아갈 수 있게 됐다. 그리고 그런 제주도 건설에 앞장서는 것이 제9연대였다.

다음 날 아침, 식사를 마치자마자 헌창의 소대가 트럭에 탑승하라는 명령을 받았다. 예전처럼 언제 고장 날지 모르는 고물이 아니었다. 새것으로 생각될 정도로 반짝거리는 군용트럭이었다.

폭도 진압을 맡은 직후부터 제9연대에 대한 미군의 대우가 극적으로 달라졌다. 총은 물론이고 운송과 통신장비도 최신식으로 바뀌었다. 그리고 병사들에게 무엇보다 감사했던 것은 식사의 질이 달라진 것이었다.

하지만 신품이라고는 해도 군용트럭이었다. 승차감이 쾌적하다고 도저히 말할 수 없었다. 덮개가 있는 짐칸에 탔기 때문에 바깥 풍경이 보이지 않았다.

헌창은 안쪽에 앉아있는 진두구 옆으로 이동했다. 두구는 여기 저기 얼굴이 알려져 각종 정보에 능통했다.

좁은 틈으로 엉덩이를 비집고 들어가며 헌창이 물었다.

"어이. 우리는 어디로 가고 있는 거야?"

진두구가 얼굴을 들었다.

"제주읍 비행장."

"비행장? 비행기로 어디론가 데려가는 거야?"

"설마."

"그럼 왜 비행장 같은 곳에."

"어제 평화 협상이 맺어졌을 거야. 전투가 끝나는 거지. 그렇게 되면 산으로 피난했던 사람들이 내려올 거야. 하지만 곧바로 원래 살던 마을로 되돌아갈 수는 없을 거야. 불타버린 마을도 있을 거고, 돌아가려 해도 언제 다시 경찰이 습격할지 모른다 생각하니 돌아갈 수도 없지. 따라서 산에서 내려온 사람들을 수용할 장소가 필요해. 그래서 비행장에 난민 캠프를 만들려는 거야."

"그러면 뭐야? 우리보고 난민 캠프를 만들라는 거야?"

"만드는 것만이 아니야. 난민을 돌보기까지 해야 해."

"그렇구나."

오전 중에 제주읍 비행장에 도착했다.

부산 제5연대 소속의 진해 주둔부대 하나가 헌창 일행을 맞이했다. 제9연대가 폭도 진압을 담당하면서 갑작스레 파견된 부대였다.

구 일본군이 제주도민을 부려 건설한 비행장이었지만 현재는 미군이 사용하고 있었다. 그렇다고 해도 비행기가 많지는 않았다. 그저 휑하니 넓은 공간이 펼쳐져 있을 뿐이었다.

바다에서 강한 바람이 불어왔다.

아주 살기 좋은 장소라고 말할 수는 없었지만, 텐트를 치면 바람과 비는 막을 수 있었다.

텐트를 설치·운영하는 장소는 활주로에서 꽤 떨어져 있었다. 자재를 실은 미군 트럭이 줄지어 있었다.

텐트의 설치·운영은 숙달되어 있었다. 경비대에 입대해 총을 배우기에 앞서 야영법 등을 훈련받았다. 훈련을 위해 야영도 몇 번이나 경험했었다. 만약 전쟁이 일어나면 여유로이 병영으로 돌아가 잠을 잘 수 없기 때문에 야영에 익숙해지는 것은 필수였다.

능숙하게 트럭에서 자재를 내리고 텐트를 쳤다. 아무것도 없던 광장에 금세 수백 개의 텐트가 늘어섰다.

제법 장관이었다.

하지만 결국 군사용 텐트였다.

텐트 생활은 결코 쾌적하다 할 수 없지만 깊은 산속의 동굴 생활보다는 훨씬 나을 것이다.

텐트 설치가 끝나고 진두구와 함께 땅바닥에 털썩 앉아 노닥거릴 때, 고철민(高哲旻) 소위가 다가왔다.

"어이. 손이 남으면 저쪽에 가서 도와줘라."

일어나 거수경례를 한 뒤 고철민이 가리키는 방향을 보았다. 대형텐트 몇 개가 늘어서 있었다. 텐트 설치는 끝나 도울 일이 있어 보이지 않았다.

"저기… 뭘 도와 드리면 됩니까?"

고철민이 입가를 삐쭉거렸다.

"글쎄, 미역국이라도 만들던지."

"네? 그런데 미역국을 만들 줄 모릅니다."

고철민은 흰 치아를 보이며 웃기 시작했다.

"하하하, 네가 만든 미역국 따위는 개도 안 먹어. 미역국 간 맞추는 건 조리병에게 맡겨라. 너는 허드렛일만 하면 된다. 어쨌든 손이 부족한 모양이야. 난민이 몇 명이나 올지 모르겠지만 충분히 식사를 준비하라는 연대장님의 엄명이 있어서 말이야. 앞으로 한두 시간 안에 제1진이 도착한다는 연락이 왔다. 시간이 별로 없어."

"알겠습니다."

다시 거수경례한 뒤 두구와 함께 대형텐트 쪽으로 달려갔다.

텐트 안은 후텁지근할 정도의 열기였다.

바람이 강해 밖에서는 불을 피울 수가 없었다. 조리를 비롯한 모든 것을 텐트 안에서 하고 있었다. 모두 바쁘게 일하고 있었다. 헌창도 명령대로 물을 길어 오거나 재료를 나르며 바쁘게 돌아다녔다.

하얗게 지어진 밥을 보고 헌창이 말했다.

"어이. 새하얀 밥이야."

"응."

두구도 군침을 흘리며 밥솥을 보고 있었다.

병영에서 나오는 밥에는 보리가 대량으로 들어있어 색이 새까맸다. 입에 넣으면 퍼석거리는 식감이었고 빈말로라도 맛있다고 할 수 없었다.

"우리보다 좋은 걸 내놓는 건가."

"글세. 손님을 접대하라는 명령을 받았으니까."

병사 몇 명의 호위를 받으며 제1진이 도착했다.

여자와 아이 그리고 노인뿐이었다. 젊은 남자의 모습은 보이지 않았다. 총 같은 무기를 가진 사람도 없었다.

모두 때 묻고 지친 얼굴이었다. 무리도 아니었다. 몇 개월이나 깊은 산속 동굴에서 생활했기 때문이다.

헌창과 두구도 밖으로 나가 난민들을 도왔다. 우선 텐트로 안내하고 식사준비가 되었다고 알렸다.

식사는 기본적으로 텐트까지 스스로 옮겨야 했지만, 손이 부족할 때는 병사들이 도왔다.

텐트에서 휴식을 취하고 따뜻한 식사를 보자 모두 얼굴에 미소를 지었다. 특히 아이들의 기쁜 얼굴을 보니 이쪽도 무심결에 미소를 보이고 싶어졌다.

제2진, 제3진 순으로 잇따라 난민이 도착했다.

현재 텐트 수는 충분했지만, 이 상태로는 며칠 내로 텐트가 가득 찰 것 같았다.

난민의 웃는 얼굴로 격려 받은 병사들은 기쁘게 일했다.

두구 만큼은 여느 때와 마찬가지로 젊은 여성들만 골라 도와주고 있었다. 눈에 거슬릴 때는 헌창이 주의를 주기도 했지만 개의치 않는 것 같았다.

위생병을 부르는 소리에 돌아보니 고철민 소위였다.

"아이의 상태가 안 좋은 모양이다. 저 너머 안쪽에서 세 번째 텐트다."

말해준 텐트로 향했다.

작은 남자아이가 누워있었다. 눈은 뜨고 있었지만 축 늘어져 있었다.

걱정스러운 얼굴로 남자아이를 지키던 어머니에게 물었다.

"어떻게 된 일인가요?"

젊은 어머니가 고개를 들었다.

"사흘 전부터 설사를 했는데 오늘 아침부터 열이 나…"

이마에 손을 대보았다.

미열은 있었지만 걱정할 정도는 아니었다. 눈꺼풀을 확인한 뒤 혀를 진찰했다. 특별한 이상은 없었다. 뭔가 안 좋은 걸 먹은 걸까.

붕대 주머니에서 청진기를 꺼내 폐와 위장의 소리를 들어봤다.

문제는 없는 것 같았다.

"곧 나아질 겁니다."

그렇게 말하자 어머니가 생긋 미소 지었다.

"몇 살인가요?"

"여섯 살이에요."

붕대 주머니에서 알약을 꺼내 반으로 쪼갰다.

"물이 있습니까?"

"아, 네."

어머니가 서둘러 밖으로 뛰어나갔다. 기다릴 틈도 없이 물이 들어있는 사발을 들고 돌아왔다. 헌창은 아이의 등을 받쳐주며 일으켰다.

"이걸 먹이면 건강해질 겁니다."

반으로 쪼갠 알약을 먹이고 나머지는 어머니에게 건넸다.

"부드러운 음식을 먹이세요. 취사병에게 부탁하면 죽을 만들어 줄 겁니다. 식사 후에는 이걸 먹이세요."

감사한 듯 약을 받은 어머니는 몇 번이나 거듭 인사했다. 헌창이 민망할 정도였다.

"내일 상태를 보러 올게요."

밖으로 나가니 인산인해였다. 헌창이 진료를 하러 왔다는 것을 듣고 모여든 모양이었다.

바쁘게 이 텐트, 저 텐트를 다니다 보니 의약품이 부족했다. 다행히 군의관을 불러야 할 정도의 환자는 없었다.

비행장 사무실에 의약품이 있다는 것을 듣고 그쪽으로 걸을 때, 만면에 미소를 보이며 뛰어오는 두구와 부딪쳤다.

"무슨 좋은 일이라도 있어?"

걸음을 멈춘 두구가 싱글벙글 웃으며 대답했다.

"목욕을 준비하라는 명령이야."

"목욕?"

"모두 때투성이잖아. 몇 개월이나 몸을 씻지 못한 녀석도 있는 모양이야."

지금까지 훈련에서 몇 번이나 야영을 했지만 목욕을 준비한 적은 없었다. 사내투성이 집단이었다. 잠시 몸을 씻지 않은 정도는 아무도 신경 쓰지 않았다. 여기에 목욕설비 같은 건 없을 것이다. 물론 드럼통 등을 이용해 어떻게든 하겠지만.

목욕을 준비한다는 발상은 헌창에게도 없었다. 그러나 깊은 산속 동굴 생활로 몸을 씻지 못한 것은 여자들에게는 참을 수 없는 일이었는지 모른다.

뛰어가려는 두구의 팔을 헌창이 잡았다.

"이봐 뭔가 좋지 않은 짓을 생각하고 있는 건 아니겠지."

두구는 이를 드러내 싱긋 웃은 뒤 헌창의 손을 뿌리치고 달려갔다. 조금 걱정됐지만, 두구의 옆에 계속 붙어있을 수는 없었다.

부족한 의약품을 보급한 후, 다음 환자가 기다리는 텐트로 향했다.

텐트 안에서는 작은 남자아이와 열두세 살 정도의 여자아이가 술래잡기를 하고 있었다.

"무슨 일이세요?"

어머니가 고함을 지르며 여자아이를 붙잡아 억지로 앉혔다. 눈이 동글동글한 귀여운 여자아이였다. 긴 머리를 정성스럽게 땋은 모습이었다.

"이 아이인데요…."

그렇게 말하며 어머니가 여자아이의 치마를 벗겼다.

순간 헌창은 눈살을 찌푸렸다.

허벅지 찰과상이었다. 상처는 깊지 않았다. 그러나 곪아 있었다. 이대로 내버려 두면 큰일이었다.

통증도 있었을 것이다.

이 상처로 소란을 피우며 돌아다닌 것이 어이없었지만 그만큼 힘이 있으면 크게 걱정할 필요는 없을지도 몰랐다.

깔끔히 세척한 뒤, 연고를 발라 깨끗한 천으로 환부를 덮어 붕대로 고정했다. 화농 방지 약을 먹인 뒤 타이르듯 헌창이 말했다.

"세균이 여기로 들어가 헤치려 하고 있어. 그러니 당분간은 얌전히 있어야 해."

여자아이는 고개를 끄덕였지만 입가에 장난스러운 미소를 보이고 있었다. 얌전히 말을 들을 것 같지는 않았다.

이마에 손을 댔다. 현재로서 열은 없었다.

헌창은 어머니 쪽으로 얼굴을 향했다.

"밤이 되면 열이 날 수도 있습니다. 그때는 이 약을 먹이세요. 내일 다시 오겠습니다."

어머니에게 해열제를 건네고 밖으로 나왔다.

해는 서쪽으로 기울어져 있었다.

겹겹이 쌓인 층구름이 자줏빛으로 물들어 장엄한 풍경을 연출하고 있었다. 위를 올려다보니 성급한 별이 이미 반짝이기 시작했다. 동쪽 하늘은 밤 풍경이 되어 있었다.

아까는 눈치채지 못했지만 어느새 텐트 사이로 끈이 연결돼 세탁물이 걸려 있었다.

산에서 내려온 여자들이 곧바로 강에서 세탁을 한 모양이었다.

저 너머로 사람들의 행렬이 보였다.

아마도 목욕을 기다리는 사람들일 것이다.

헌창은 양손을 들고 쭉 뻗었다.

바쁜 하루였지만 이런 바쁨에는 아무런 할 말이 없었다. 여기에 제주도의 희망이 있다고 마음속으로 중얼거렸다.

2

하루가 지난 4월 29일, 모슬포 제9연대 병영 연병장에 수많은 천막이 펼쳐져 있었다.

귀순한 도민을 수용하기 위한 것이었다. 제주읍 비행장도 같은 광경이 펼쳐져 있을 것이다.

평화회담이 있던 그날을 기점으로 대정면, 중문면 일대의 총성이 멈췄다. 얼마 뒤 서귀포, 한림, 제주읍에서의 전투도 사라졌다. 조천면의 몇몇 장소에서 소규모 전투가 있었지만 금세 조용해졌다.

전투는 사라졌지만, 귀순과 무장해제는 좀처럼 진행되지 않았다. 29일에 산에서 내려온 대부분은 아이와 여성이었다. 가지고 온 무기도 쓸모없는 것만 있었고 카빈총은 한 자루도 없었다.

익렬은 귀순자에게 특별히 신경 쓸 것을 지시했다. 병사들도 귀순자를 귀중한 손님처럼 대접했다.

군이 귀순자를 소중히 한다는 사실이 폭도들에게 알려졌는지 30일이 되자 산에서 내려오는 사람이 급증해 준비한 천막이 부족할 정도였다. 병사들도 기쁘게 귀순자를 대접했다.

대부분은 경찰의 습격이 두려워 마을로 돌아가는 것을 망설였지만 귀가를 희망하는 사람은 기록을 남긴 후 집으로 돌아가는 것을 허가했다.

다음 날인 5월 1일은 노동기념일, 노동절이다.

평소처럼 출근한 김익렬은 하루가 지난 동아일보를 보고 눈이 번쩍 뜨였다. 제주비상경비사령부 사령관 김정호의 담화가 수록됐는데 터무니없는 내용이었다.

김정호는 4월 28일, 익렬과 김달삼의 회담 당일 급히 서울로 가 조병옥 경무부장 등 경찰 정상과 회담을 가진 듯했다. 경무부 기자실에서 기자에게 제주도사태를 설명한 것이 이 담화였다.

해방 전 일본군의 병참기지로 20만의 군인이 주둔하고 있던 제주도의 작전시설은 해방 이후에도 그대로 남아 있어 한라산을 중심으로 약 2,000명으로 추정되는 반도들이 그 시설을 이용하는 듯하다. 그리고 그들에게는 약 3개월을 지탱할 식량과 우수한 군비를 가지고 용의주도한 전략과 전법을 지도하고 있는 점으로 보아 그 지도자는 상당히 병법의 훈련을 받고 실전의 경험이 있는 것으로 추측된다. 그리고 반도를 체포하여다 문초하여 보면 대개 백정들로 좌익계열에서는 일부러 잔악한 살인을 감행하기 위하여 남조선 각지로부터 백정을 모집하여다 제일선에서 경찰관과 그 가족, 선거위원들을 살해하는 도구로 쓰고 있는 형편이며, 또 라디오나 신문으로서 세계의 움직임과 국내 사정을 알 수 없는 지역이므로 더구나 주민들이 순박우매하여 좌익의 모략과 선전과 위협에 협력 안 할 수 없는 형편이다. 사실 반도들의 전체를 소탕하고자 하면 강력한 무장을 하고 일주일 동안이면 전면적으로 결말을 지을 수 있을 것이지만 그 중에는 순박한 양민들이 섞여 있으므로 될 수 있는 대로 양민의 살상을 덜기 위하여 선무공작도 진행하고 있다.

터무니없는 내용이었다.

첫 줄부터 틀렸다.

제주도에 주둔했던 구 일본군은 최대 약 7만 명이었다.

폭도가 식량을 얼마나 보유했는지 모르겠지만 폭도가 가진 것은 겨우 바다에서 건진 옛 일본군의 99식 소총 수십 자루뿐이었으며 총알도 부족했다. 폭도가 보유한 '우수한 군 장비'는 경찰에게 빼앗은 카빈총뿐이었다.

폭도와 경찰대의 전투를 몇 번 보았지만, 폭도 측에 실전 경험이 풍부한 지휘관이 있다고는 생각할 수 없었다.

폭도를 이천 명이라 했지만, 과장이 매우 심했다.

양민의 살상을 피하고 싶다 했지만 애초에 폭동의 원인은 경찰의 만행이었다.

경찰의 모든 진압 실패를 속이려 변명을 늘어놓는 것이었다.

그러나 무엇보다 용서할 수 없는 것은 백정을 운운하는 것이었다.

백정이란 조선왕조 시절 강제로 가죽업에 종사하고 차별과 박해로 고통받던 사람들이었다.

해방된 조국에서 공공연히 백정 운운하는 언설을 지껄이며 차별을 부추기는 인물이 있는 것 자체가 놀라웠지만, 그 남자가 경찰의 넘버2라는 점이 더 놀라웠다. 머리가 어지러울 지경이었다.

기분을 바로잡고 익렬은 연대 본부를 나왔다. 연대에 펼쳐진 천막 사이를 아이들이 뛰어다니고 있었다. 천막에 걸린 끈에는 세탁물이 매달려 바람에 흔들리고 있었다. 병영과 어울리지 않는 평화로운 광경이었다.

익렬은 웃음을 띠었다.

이대로 평화가 살아나기를 바랐다.

오후 2시경, 표정이 변한 정보 주임 이윤낙 중위가 연대장실로 뛰어왔다.

"무슨 일이 있나?"

윤낙이 한 장의 종이를 내밀었다.

"이걸 봐주십시오."

  제주읍 근교의 오라리 마을을 반도가 습격해 민가를 방화했다.

제9연대는 폭동 진압을 맡은 직후, 제주읍에 있는 일제강점기 시절 금융조합 건물에 제주읍 소재 연대 임시본부 겸 연락소를 설치해 서귀포에 정보파견소를 설치했다.

보고는 임시본부에서 온 것이었다.

익렬이 자리에서 일어났다.

"현장으로 향한다. 출동이다."

곧바로 연대 본부에서 지프와 스리쿼터가 출발했다. 지프에는 익렬과 윤낙 등 정보요원이 탔고 스리쿼터에는 완전무장한 경비병이 승차했다.

질주하는 지프 안에서 윤낙이 말했다.

"대낮에 제주읍 주변 마을을 습격한 것은 우리를 궁지로 모는 중대한 배신행위입니다. 사실을 조사해 놈들이 의도적으로 저지른 것으로 판명되면 우리도 본격적으로 토벌을 시작해야 합니다."

익렬이 고개를 저었다.

"아니. 우선 조사로 사실관계를 파악할 필요가 있다. 폭도의 습격으로 단정 짓는 것은 아직 이르다. 전략적 가치도 없는 마을을 왜 폭도가 습격하겠나. 장창범(張昌範) 소위, 오라리에 관해 설명해 주게."

제주도 북부의 정보를 담당하고 있는 장 소위가 설명을 시작했다.

"오라리는 제주읍 남쪽에 있는 마을로 다섯 개의 자연촌락으로 이루어져 있습니다. 육백여 가구, 인구 삼천 명 정도의 큰 마을입니다. 일제강점기에 항일운동가 몇 명을 배출했고 그중에 상해임시정부를 방문한 사람까지 있다 합니다. 해방 이후에는 건국준비위원회 같은 활동을 주도했습니다. 이 때문에 경찰이 눈여겨보고 있었습니다. 1947년 3·1 발포 사건에서는 오라리 주민 두 명이 희생되었습니다. 한 명은 국민학교 5학년 아동이었으며 다른 한 명은 40대 장애인이었습니다. 폭동 발발 직후, 오라리 출신 경찰관의 아버지가 폭도에게 살해당했습니다. 이후 고삐가 풀린 말을 찾던 주민이 응원경찰대에 사살되는 사건이 있었습니다. 심지어 좌익청년 활동으로 이름이 알려진 청년은 경찰에게 연행되어 처형당했습니다."

"즉, 좌파가 강한 마을이라는 거군."

"그렇습니다."

익렬이 팔짱을 끼었다.

좌파가 강한 마을, 폭동발발 이후 두 명이 경찰에게 살해되었다. 그런 마을을 폭도가 습격할 이유가 있다고는 생각되지 않는다.

그렇다면 누가 마을을 습격한 것일까.

애초에 몇 명의 항일운동가를 배출한 것을 거의 해방된 조국의 경찰이 눈여겨본 것은 어떻게 된 것일까.

우리 조선은 정말 해방된 것일까.

서울에서는 수십 년 동안 일본의 지배에 저항했던 사람들이 일제의 앞잡이였던 경찰관에게 구속되어 가혹한 고문을 받고 있다 들었다.

이 제주도에서도 친일파 경찰관이 일제강점기와 변함없는 행동을 자행한 것이 원인이 되었다.

정말 나쁜 놈들은 뒤에 숨어있었다. 그러나 서민 입장에서 일제의 권위를 등에 업은 채 온갖 악행을 자행한 놈들을 원망할 수밖에 없다. 그런 남자들이 새롭게 태어난 조국에서 이번에는 미군정의 비호를 받으며 제멋대로 구는 것이었다.

해가 서쪽으로 기울어 있었다.

멀리서 연기가 보였다. 연기를 가리키며 장 소위가 말했다.

"저 부근이 오라리입니다."

가까이 다가가자 총성이 들렸다.

지프가 오라리 마을로 들어섰다.

사람의 그림자는 없었다.

연기 냄새가 코를 찔렀다.

불타는 마을의 입구 근처에 정차한 뒤 익렬은 스리쿼터에 탄 완전무장한 병사를 내보냈다.

주위를 경계하며 전진했다.

"연미촌(淵味村)입니다."

장 소위가 설명했다. 오라리의 자연촌락 중 하나다. 윤낙 등 정보요원에게 주민들에게 사정을 듣고 올 것을 명령했다.

인구 삼천 명 정도의 큰 집락이었겠지만 사람의 인기척은 느껴지지 않았다. 섬뜩할 정도로 조용한 마을을 병사와 함께 탐색했다. 방화된 집은 거의 재가 되어있었고 불꽃은 보이지 않았다.

얼마 후 윤낙이 돌아왔다.

"주민은 거의 남아 있지 않았습니다. 사정을 듣기가 꽤 힘들었지만, 대략적인 상황은 파악할 수 있었습니다. 방화는 정오경에 있었으며 불을 지른 것은 서른 명 정도의 남자들입니다. 서청과 대청입니다. 이름이 밝혀진 남자도 있었습니다."

대청이란 대동청년단을 말하는 것으로 서청과 유사한 반공청년 단체였다.

"한 시간 정도 지나고 남자들이 물러날 무렵에 총과 죽창으로 무장한 산 부대가 모습을 드러내자 방화한 남자들이 도망갔습니다. 산 부대도 곧바로 철수한 모양입니다. 이후 경찰관이 탄 트럭이 돌입했습니다. 도망간 청년단원이 통보했을 거라 생각됩니다. 경찰관은 총을 쏘며 마을로 왔습니다. 이때 주민 대부분이 도망갔다고 합니다.”

경찰을 보면 무조건 도망치는 것이 도민의 상식이었다.

“그리고 경찰은 우리가 접근하는 것을 알고 서둘러 도망쳤다 합니다.”

마을 가까이에서 들은 총성은 경찰대의 짓인 모양이다.

“저쪽에 어머니가 살해당했다는 소녀가 있습니다.”

“안내해라. 이야기를 들어보자.”

걸으며 윤낙이 설명했다.

“이름은 박기하(朴基夏), 17살입니다.”

기하는 할머니와 껴안고 흐느끼며 울고 있었다.

익렬은 놀라지 않게 주의하며 말을 걸었다.

“조금 이야기를 하고 싶은데…. 누가 살해당했다고 들었는데 정말이니?”

흐느껴 울며 기하가 고개를 끄덕였다.

“살해당한 사람은 누구지?”

“엄마가 총에 맞아….”

“당시 상황을 자세히 알려주지 않겠니?”

“사촌 집이 불타고 있어 엄마와 함께 호복으로 물을 끼얹고 있었어.”

호복이란 제주도 특유의 물동이다. 등에 지고 운반하게 되어 있다.

기하는 띄엄띄엄 설명을 계속했다.

"그런데 갑자기 빵, 빵 하는 총소리가 들렸어. 마을 사람들이 뛰어와 "경찰이다" 하고 외치며 돌아다녔어. 마을 사람들은 필사적으로 산 쪽으로 도망쳤어. 나도 호복을 내던지고 엄마와 함께 민오름 쪽으로 달렸어."

저쪽이 민오름이라고 말하며 윤낙이 남쪽의 작은 산을 가리켰다.

제주도에는 민오름이라는 이름의 오름이 다섯 개 있다. 이 오라리 오름도 그중 하나다.

민오름은 민둥 오름이라는 의미로 한자로는 독악(禿岳)으로 표기한다.

"엄마가 급히 지면에 몸을 숙였어. 나도 서둘러 몸을 숙였지. 그때 부릉부릉 하는 소리가 들려 위를 쳐다보니 잠자리비행기가 날고 있었어. 잠자리비행기는 우리 위를 한동안 빙빙 맴돌았어. 우리를 감시하고 있는 것 같았어. 그때 총소리가 멀어져 나는 엄마한테 말했지. "엄마. 총소리가 그친 것 같아. 이제 일어나." 그런데 엄마가 움직이질 않는 거야. 그때 주변이 피투성이라는 것을 알아차렸어."

익렬은 울고 있는 기하의 안내로 기하의 엄마가 쓰러져 있는 곳으로 갔다. 기하가 말한 대로 기하의 엄마는 엎드려 쓰러져 있었다. 총알이 오른쪽 어깨에서 왼쪽 가슴을 관통했다.

아마 즉사했을 것이다.

익렬은 부하에게 기하 엄마의 시체를 담요로 덮도록 지시했다.

지프로 돌아가 조사서를 정리했다. 주민 열 명 정도의 증언이 있었다. 방화가 폭도들이 아닌 대청과 서청에 의한 것임은 분명했다. 이름이 밝혀진 방화범도 있었다.

기하의 이야기 중 잠자리비행기 부분이 신경 쓰였다. 미군 L-5 경비행기임이 틀림없었다.

우연일까.

제주읍으로 돌아와 익렬과 윤낙은 관덕정 뒤의 미군정청으로 향했다. 윤낙은 정보부로 갔고 익렬은 맨스필드를 만났다.

평화회담의 성공을 보고할 당시의 맨스필드와 달랐다.

익렬이 오라리 사태를 보고해도 관심을 보이지 않았고 곤혹스러운 표정으로 동화여관(東和旅館)에 CIC, G-2의 간부 요원이 있으니 그들과 상담하라 할 뿐이었다.

G-2란 미군의 정보참모부를 말한다. CIC가 제주도에 주둔중인 것은 알았지만 G-2까지 제주도에 있다는 사실은 몰랐다.

방을 나가려는 익렬에게 맨스필드가 말을 걸었다.

"경찰의 방해 공작이 시작된 모양이야. 주의하는 게 좋을 거야."

무슨 말을 하는지 이해가 되지 않았다. 익렬이 반문했다.

"도대체 어떻게 된 일입니까?"

"확실한 것은 나도 잘 몰라. 한 달 전, 경찰 수뇌부가 제주도 폭동 토벌사령부를 설치해 수일 내로 진압을 마치겠다고 호언장담하며 김정호를 지휘관으로 임명해 토벌 작전을 시작했지. 그러나 토벌대가 연이어 패배하며 막대한 손해를 입었고 역으로 무기·탄약을 폭도에게 제공한 셈이 되었지. 육지에서 파견된 경찰관 대부분은 무기를 버리고 도망쳤고 각 항구에서 민간인의 배를 타고 도망쳤어. 그런데 경비대가 진압에 나섰고 28살 풋내기 연대장이 폭도 우두머리와 회담해 평화를 되찾았지. 경찰의 체면이 완전히 구겨진 거야. 경무부장 조병옥은 화가 머리끝까지 났다 들었다네. 그래서 평화 협상을 파기하고 폭동을 재연해 놈들의 주장대로 공산 폭동으로 꾸미려는 모양이야. 자네를 암살하려는 움직임도 있는 모양이야."

"설마 인간으로서 그런 일이 가능할 리가…."

"당신은 아직 젊기에 이해되지 않을 수도 있지만… 사실은 사실이다."

낙담한 표정으로 익렬은 방을 나왔다.

윤낙도 정보부에서 같은 이야기를 듣고 왔다.

4·28 협상에서 연대장은 폭도에게 속고 있으며 폭도는 거짓 평화로 시간을 벌어 태세를 갖추고 그 시점에 총공격을 계획한다는 정식보고서가 경찰로부터 제출되었다고 한다.

맨스필드는 문제 삼지 않고 웃어넘기려는 모양이었지만 서울의 미군정청 중앙 반응은 단순하지 않은 모양이었다.

어찌 됐든 둘은 제주읍 내의 동화여관으로 향했다. 동화여관에는 G-2의 장교인 중령과 CIC의 간부 요원인 소령이 있었다.

익렬은 주민청취조서를 제시하며 오라리 방화 사건의 경위를 설명했다. 그러나 미군 장교는 들으려 하지 않았다.

"당신이 말하는 것은 경찰보고와 다르다. 방화는 폭도의 짓이다."

"어째서 경찰의 보고만 신뢰할 수 있다고 생각하십니까? 제 말을 신용할 수 없으면 미군과 경찰 그리고 경비대와의 삼자 합동 현장조사는 어떻습니까? 그럼 진실이 명확해질 것입니다."

그러나 둘은 들으려 하지 않고 완강히 토벌강화만을 명했다.

"앞으로 해안선에서 5㎞ 이상 떨어진 중산간지대를 '적성지역(敵性地域)'으로 간주해 철저히 토벌해라."

너무 엄청난 일에 어안이 벙벙했지만, 익렬은 반박했다.

"비가 내리던 날, 중산간지대를 정찰했을 때 아이가 닭을 안고 숨어있는 것을 발견했습니다. 그럼 그 아이도 빨갱이라는 말씀입니까?"

"아이도 빨갱이 사상에 물들어있다."

뭐라 말을 해도 소용이 없었다.

밖으로 나왔다.

완전히 날이 저물어 깜깜했다.

다음 날 5월 2일 저녁 무렵, 오라리의 마을 사람이 방화범이라 증언한 대청단원을 제주읍에서 체포했다는 보고가 있었다.

익렬은 그 남자를 모슬포 병영에 가두도록 명령했다.

살아있는 증인을 확보한 셈이었다. CIC와 G-2의 고집불통들도 이것을 부정할 수는 없을 것이다.

3

제주읍 비행장 난민캠프에서 강헌창은 바쁘지만 충실한 날들을 보내고 있었다. 난민 수가 계속 늘어나 이틀 만에 텐트가 가득 차

추가 텐트를 미군에게 요청할 정도였다.

하지만 5월이 되자 분위기가 달라졌다.

5월 1일에는 제주읍 비행장에서 가까운 오라리를 서청이 습격했다는 소문이 자자했다.

경찰도 그 습격에 가담했다는 이야기가 있었는데 거기서 섬뜩한 무언가가 느껴졌다.

5월 3일, 산에서 내려오는 귀순자를 제주읍 비행장으로 호위하라는 명령을 받았다.

지휘관은 군사고문관 드루스 중위로 미군 병사가 두 명, 제9연대에서는 헌창을 포함해 일곱 명의 병사가 참여했다.

드루스를 선두로 지정된 장소로 향했다. 기다릴 필요도 없이 이백 명 정도의 귀순자가 모습을 드러냈다.

귀순자를 보며 진두구 일병이 중얼거렸다.

"여느 때처럼 여자나 어린아이, 노인뿐이구나."

헌창이 대답했다.

"놈들은 아직 의심하고 있어. 조금 더 기다릴 필요가 있어."

두구가 이상한 소리를 했다.

"아... 저기 굉장한 미인이..."

"어디, 어디?"

헌창도 두구가 가리킨 방향으로 눈길을 돌렸다. 과연 큰 눈에 오똑한 콧날, 희고 갸름한 얼굴의 미인이 있었다. 잠시 후 조금 떨어진 곳에서 여자아이가 "엄마" 하며 달려와 그 여자의 손으로 달라붙었다. 헌창은 웃으며 두구의 어깨를 두드렸다.

"유감이군. 어린애가 딸린 사람이라."

그 순간 드루스가 호출했다. 두구가 달려갔다. 백발의 노인과 드루스가 무언가 말하고 있었다. 두구가 그 사이에서 통역을 시작했다.

유창하지는 않았지만, 병사 중에서는 두구의 영어가 가장 뛰어났다.

두구가 돌아오고 이동이 시작됐다.

드루스와 미군 병사, 헌창과 두구가 선두에 서고 귀순자가 뒤를 따랐다. 후군은 나머지 제9연대의 병사 다섯 명이었다.

좌우에는 돌담에 둘러싸인 밭이 이어져 있었다. 곳곳에 녹색의 수풀이 있고 진달래가 붉음을 과시했다.

봄의 태양은 온화하고 바람도 부드러웠다.

돌연 탕탕탕 하는 총성이 울렸다.

99식 소총이나 카빈총이 아니었다.

기관총 소리였다.

드루스가 반사적으로 몸을 날려 돌담 너머로 몸을 숨겼다. 두 명의 미군 병사도 뒤를 따랐다.

헌창과 두구는 그 자리에 멍하니 서 있었다.

드루스가 손을 흔들며 외치고 있었다.

두구가 헌창의 등을 두드리며 드루스 일행을 따라갔다.

"어이!"

정신을 차린 헌창은 서둘러 돌담을 넘어 몸을 낮췄다.

기관총은 병사가 아닌 귀순자를 노리고 있었다. 열 명 정도가 쓰러졌고 나머지는 뿔뿔이 흩어졌다.

"저건 일본군의 92식 중기관총이다"

돌담에서 얼굴을 드러내며 두구가 중얼거렸다.

"멀리서 봐도 알겠군."

"총신 옆의 판이 튀어나와 있을 거야. 그게 바로 보탄판(保彈板)이야. 미국의 기관총은 벨트식으로 총알을 보급하지만 92식은 총알이 판 속에 들어있어 그것을 끼우는 형태지."

"쓸데없이 자세히 아는군."

"당연하지. 나는 기관총 소대라고."

"아 그랬구나. 기관총 없는 기관총 소대."

제9연대는 기관총은 없었지만, 국군이 될 때를 대비해 기관총 소대를 두고 훈련하고 있었다.

이 때문에 기관총 없는 기관총 소대라 비웃음을 당하고 있었다.

"92식을 가지고 있는 것은 경찰이야."

"그렇다면 놈들은 경찰인가?"

"모르겠어. 경찰 제복은 입지 않았는데…. 인원은 대충 오십 명 정도."

두 명의 미군 병사가 돌담에 몸을 숨긴 채 산 쪽으로 달려갔다. 기다릴 것도 없이 후방에 있던 다섯 명의 병사를 끌고 왔다.

두구가 말을 걸었다.

"이봐, 모두 무사해?"

"이게 어찌 된 일인지. 미국 사람에게 도움을 받았어."

제9연대 병사는 실전 경험이 없었지만 미군 병사는 모두 태평양 섬에서 일본 병사와 피투성이의 사투를 계속 벌였던 놈들이다. 그중에서도 드루스 중위는 혁혁한 성과를 올렸다고 들었다.

중기관총의 총알이 이쪽으로 날아왔다.

소총탄도 날아왔다.

99식 소총이 아닌 미국산 카빈총이었다.

귀순자가 산으로 도망쳐 이쪽을 공격하기 시작한 것이었다.

두 명의 미군 병사가 재빨리 좌우로 전개해 돌담 그늘에서 맞서기 시작했다.

두구도 맞서 싸우기 시작했다.

돌담 사이에서 순간 머리를 내밀어 총을 쏜 뒤 바로 머리를 집어넣었다.

볼트를 당겨 총알을 장전하고 다시 머리 내미는 짓을 반복했다.

두구가 헌창을 재촉했다.

"어이. 뭘 하는 거야. 맞서 싸워."

"으, 응."

위생병이었지만 일단 총은 가지고 있었다.

볼트를 당겨 총알을 장전하려 했지만, 탄피가 튀어 오르지 않았다. 애초에 총알을 탄창에 넣지 않은 사실이 생각났다. 허리의 가죽 주머니에서 다섯 발 다발의 총알을 꺼내 탄창에 밀어 넣었다. 볼트를 당겨 총신에 총알을 장전하고 목표물도 없이 돌담 사이로 총을 쐈다.

중기관총의 총알이 돌담에 튄다.

타타타타 하고 쏜 뒤 잠시 쉬고 다시 타타타타 하고 쏜다.

카빈총의 총알도 쉬지 않고 날아왔다.

헌창은 한숨을 쉬었다.

"저쪽은 오십 명이다. 이길 수 없어."

두구가 외쳤다.

"약한 소리 마. 여기가 고비다."

드루스가 뒤쪽으로 와 무언가 큰소리로 외쳤다.

쳐다보니 하얀 이를 보이며 웃고 있었다.

곧바로 미군 병사 둘을 데리고 돌담을 따라 날아가듯이 뛰어 갔다.

두구가 모두에게 들리도록 외쳤다.

"드루스 중위가 반격에 나선다. 여기서 엄호하라는 명령이다."

헌창도 필사적으로 총을 쐈다.

총을 쏘며 두구에게 물었다.

"큰소리로 외치던데 뭐라 한 거야?"

"애송이들. 다 부숴버리겠다!"

"고작 세 명으로 오십 명을 상대하려는 거야?'

보니 두구는 싱글싱글 웃고 있었다.

"뭐야?"

"놈들은 확실히 아마추어야. 전투훈련 같은 건 한 번도 받지 않 았어."

"어떻게 알아?"

"중기관총은 공격력은 뛰어나지만, 사수의 위치가 쉽게 높아지 지. 즉, 표적이 되기 쉬워. 이 때문에 중기관총을 고정하는 위치를 잘 생각해야 하고 다른 녀석들은 중기관총을 지키도록 포진해야 해. 그런데 저걸 봐. 저런 곳에 중기관총을 고정했잖아. 전혀 모르 는 거지. 원래 놈들은 기관총 소대가 아니야. 그저 기관총을 가진 오합지졸이야."

헌창은 잘은 몰랐지만 듣고 보니 틀린 말은 아니었다.

갑자기 중기관총 우측 후방에서 총격이 시작되었다.

드루스 중위 일행이 분명했다.

놈들이 당황했음을 알 수 있었다.

중기관총을 그쪽으로 돌리려 했지만 잘 되지 않았다.

이번에는 전혀 다른 방향, 중기관총의 좌측 후방에서 총격이 시작됐다.

순식간에 기관총의 사수가 쓰러졌다.

기관총 옆에 있던 다른 한 명은 언덕에서 굴러떨어졌다.

중기관총의 우측 후방에서 미국 병사 둘이 함성을 지르며 뛰어왔다.

총을 쏘며 돌격했다.

그 기세에 밀려 나머지 놈들도 꽁무니를 빼며 도망쳤다.

드루스 중위가 모습을 드러냈다. 중기관총의 좌측 후방에서 사격한 것은 드루스였던 모양이다.

주위를 확인한 드루스가 손을 들어 제9연대 병사에게 올 것을 지시했다.

헌창도 함께 돌담을 넘어 중기관총 쪽으로 갔다.

사체가 굴러다녔다.

다섯 명이었다.

피투성이의 남자가 신음을 냈다.

가까이서 다친 곳을 보았다. 왼쪽 허벅지와 오른쪽 어깨에 관통상이 있었다. 중상이었지만 목숨을 걱정할 필요는 없었다. 재빨리 응급처치를 했다.

드루스가 질문했다. 부상 상태를 묻는 것 같았다. 헌창이 설명하고 두구가 통역했다.

생명에 지장은 없다는 것을 듣고 안심한 것 같았다. 본부로 돌아가 치료한 뒤 심문하겠다 했다.

미군 병사가 무선으로 어딘가에 연락을 하고 있었다.

얼마 후, 미군 트럭이 왔다.

4

이백 명의 귀순자를 호위 중이던 드루스 중위 일행이 오십 명의 정체불명 남자들에게 습격당했다는 연락이 오자마자 김익렬은 바로 제주읍으로 향했다. 오라리를 방화한 남자를 잡았기 때문에 그 남자를 신문해 오라리 사건의 진상을 해명하려 했지만, 그 기회는 사라졌다.

맨스필드에게 사건의 개요를 들었다.

귀순자를 호위한 것은 드루스 중위와 미군 병사 둘, 제9연대의 병사 일곱 명이었다.

갑작스러운 습격에 귀순자 십여 명이 사망했고 나머지는 산으로 도망쳤다. 드루스 일행의 반격에 습격자는 5명의 사상자와 한 명의 중상자를 남기고 달아났다.

부상자를 치료한 뒤 심문하자 '상부의 지시로 폭도와 미군, 경비대를 사살하고 폭도의 귀순공작을 방해하는 임무를 가진 특공대'라고 자백했다.

격앙된 맨스필드와 드루스는 제주경찰서장 문용채(文龍採)를 군정 본부로 소환했다.

문용채는 도망친 부하에게 보고를 받았는지 평정심을 잃고 둘러대지도 못한 채 내일까지 조사해 보고하겠다는 말만 남기고 부상자와 중기관총을 가져갔다고 한다.

다음 날 아침, 익렬은 군정 본부 맨스필드의 방에 있었다. 제주도 비상경비사령부 사령관 김정호의 해명을 듣기 위해서이다.

10시경, 김정호가 모습을 드러냈다.

맨스필드, 드루스, 익렬 앞에 선 김정호는 주눅 들지 않고 맨스필드의 얼굴을 정면에서 보고 있었다.

분노에 가득 찬 목소리로 맨스필드가 말했다.

"사태에 대한 설명을 들어볼까?"

김정호는 태연하게 답했다.

"이 사건은 공산주의 폭도가 경찰을 중상모략하기 위해 저지른 것입니다. 경찰과 미군정 그리고 경비대의 이간질을 위해 폭도가 경찰을 가장해 기습한 사건입니다."

드루스가 고함을 질렀다.

"거짓말하지 마. 어제 붙잡힌 남자가 상부의 지시로 습격했다고 자백하지 않았는가?"

김정호는 눈 하나 깜빡하지 않았다.

"습격에서 부상당한 뒤 생포된 남자가 사건 발생 전 제주경찰서 본부에서 근무했던 것은 사실입니다. 그러나 그는 공산주의 사상을 가졌었고 4월 3일 폭동 발생 이전에 부하를 끌고 산으로 도망쳤습니다."

"뻔뻔한 데에도 정도가 있다. 그 남자를 다시 한번 심문하겠다. 그러면 진실을 알겠지."

"어젯밤 경찰에서 조사받던 중 자살하고 말았습니다. 사체검증을 해 주시기 바랍니다."

익렬은 분노로 손이 부들부들 떨리는 것을 느꼈다. 어떻게든 분노를 억누르며 조용한 목소리로 말했다.

"자신의 음모와 죄를 은폐하기 위해 부하를 죽인 것인가!"

김정호는 입가에 미소를 띠고 있었다.

"당신들이 내 보고를 믿지 않는 것이야말로 공산 폭도가 바라는 바입니다. 공산 폭도는 미군정과 경찰을 이간질하고 경찰을 제주도에서 추방해 제주도에 공산주의자로 구성된 인민공화국을 수립하려 하고 있습니다. 당신들은 지금 그들의 기만책에 속고 있습니다. 경찰의 보고를 믿는 것만이 공산주의자를 타도하는 길입니다."

그 말을 하고 김정호는 돌아갔다.

맨스필드도 드루스도 익렬도 할 말을 잃었다.

익렬은 제주읍 정보파견소로 돌아와 제주도 각 경찰지서 앞에 부대를 파견했다. 그리고 지서를 습격하는 폭도든 지서를 나와 민가를 습격하는 경찰이든 경비대의 명령을 따르지 않는 자는 사살하라 명했다.

역시 경찰도 완전무장한 경비대 앞에서는 얌전했다.

그날 저녁, 익렬은 다시 맨스필드에게 불려갔다.

미군정 장관 딘 소장이 내일 제주도를 방문해 최고정상회담을 개최한다 했다. 맨스필드는 자신의 난처한 위치를 익렬에게 설명했다.

딘이 맨스필드에게 강압적 태도를 보이며 건의를 받아들이려 하지 않는다는 것이었다.

미군이 작성한 경찰의 만행을 증명하는 자료를 맨스필드가 준비하고 있었다. 자료 중에는 밀수품 명목으로 경찰이 약탈한 엄청난 수의 물품과 현금 사진이 첨부된 앨범도 있었다.

앨범에는 영문으로 설명이 상세히 적혀있었다.

익렬은 맨스필드, 드루스와 함께 밤늦게까지 내일 회담을 위한 준비를 했다.

7장

최고정상회담

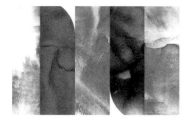

1

5월 5일 오전 7시 30분, 미군정 장관 딘 소장, 민정장관 안재홍(安在鴻), 경무부장 조병옥, 경비대 사령관 송호성 준장, 딘 소장 전속통역관 김 모를 태운 특별기가 서울 김포공항에서 날아올랐다.

제주읍 비행장에서는 제주도 군정장관 맨스필드와 제주도지사 유해진이 일행을 맞이했다. 제주읍 비행장에는 다수의 경비병이 배치되어 있었다. 딘은 그걸 보고 불만스러운 표정을 지었다.

딘은 제주중학교 내에 설치된 제주군정청 회의실에 도착해 짜증나듯 다음과 같이 질책했다.

"내가 죽어도 군정장관을 대신할 사람은 얼마든지 있다. 안 민정장관이 죽어도 민정장관 임무를 할 인물은 얼마든지 있다. 반란의 토벌이 긴박한 시점에 무슨 생각으로 비행장 경비를 저리 엄중히 한 것인가. 체코슬로바키아에서 공산당 진압을 소홀히 한 탓에 전국이 적화된 사실을 모르는 것인가. 하루빨리 그 뿌리를 잘라내지 않으면 위험하다."

오후 12시, 최고정상회담이 개최되었다.

2

김익렬은 서둘러 제주 군정청 회의실로 향했다.

12시 직전, 딘 소장을 비롯한 수뇌진이 등장했다.

안재홍은 1892년 출생으로 1919년 3·1 독립운동에 참여했고 1920년대에는 독립을 목표로 조선총독부와의 타협을 일절 거부하는 민족주의자가 중심이 되고 마찬가지로 독립을 도모하는 사회주의 세력과의 제휴를 목적으로 한 '신간회(新幹會)'의 중심인물로 활동했다. 이후에도 끈질기게 독립운동을 했고 해방 직전에는 조선어학회 사건으로 투옥되어 옥중에서 해방을 맞이했다.

지주의 아들이었지만 거듭된 투옥으로 재산을 탕진해 가난하게 생활했지만 독립 의지가 꺾이지는 않았다.

해방 직후에는 여운형(呂運亨)과 함께 건국준비위원회 결성의 설립자가 되었다. 1945년 8월 16일, 경성중앙방송국에서 한 건국준비위원회 결성선언을 모든 조선인이 환희의 목소리로 맞이했다.

그러나 건국준비위원회에서 박헌영(朴憲永) 등 좌파가 힘을 갖자 건국준비위원회와 결별하고 중도우파로 활동 중이었다.

안재홍은 '책벌레'로 불릴 정도로 책을 좋아했다. 조선팔도의 주요 산 모두를 답파했을 정도로 산을 사랑하는 남자였으며 신채호(申采浩)를 존경하는 역사가이자 언어학자였다. 학자 기질의 온화한 성격은 정치 활동에 적합하지 않았다.

좌우 대립이 심해지는 가운데 안재홍이 주창하는 좌우 합작노선은 좌파와 우파 어느 쪽에서도 받아들여 지지 않았다. 안재홍의 정치적 입지는 불안했다.

미군정청은 불굴의 독립운동으로 조선인의 존경을 받는 안재홍을 민정장관으로 임명해 군정청의 얼굴로 삼았지만 사실상 정치적 실권은 없었다.

조선경비대 총사령관 송호성은 광복군 지대장이었던 경력으로 존경받고 있었지만, 애초에 경비대 자체가 미군정청에서 찬밥 신세와 다름없는 존재였다. 따라서 군정청 내에서 실권이 거의 없었다. 일제의 앞잡이였던 조선인 경찰관이 해방된 조국에서 대낮에 당당히 활보하고 다니는 꼴은 씁쓸했지만 어떻게 할 수 없었다.

조병옥 역시 독립운동에 참여해 몇 번이나 투옥되었지만, 해방 후에는 친일파였던 조선인 관료를 적극적으로 자기편으로 끌어들여 힘을 키웠다. 특히 친일파 경찰관은 조병옥 권력의 원천이었다.

미국 유학 경험이 있는 조병옥은 유창한 영어로 딘 군정장관의 절대적 신뢰를 얻었다. '통역정치'로 야유받는 해방 직후의 조선을 상징하는 인물이었다. 현재 미군정청 내에서 조선 최고의 실력자는 분명 조병옥이었다.

최천은 조병옥의 충직한 부하였다.

유해진은 친일파 대지주의 아들로 조병옥에게 극우사상을 인정받아 제주도지사에 임명된 남자이다.

익렬은 최고정상회담에 참석하는 사람들의 얼굴을 보았다.

안재홍과 송호성은 정중히 설명하면 익렬에게 동참해줄 것 같았지만 군정청 내의 영향력은 크지 않았다.

최천과 유해진은 익렬과 정면으로 대립하겠지만 잔챙이라 제대로 상대할 필요는 없었다.

문제는 조병옥이었다.

딘은 조병옥을 절대적으로 신뢰하고 있었다.

조병옥이 제주도사태를 어떻게 보는지는 지금까지의 발언으로 분명했다. 애초에 3·1 발포사건에 대한 조병옥의 강경한 태도가 사태를 여기까지 악화시켰다.

여기서 질 수 없다고 익렬은 마음속으로 생각했다.

자신은 있었다.

맨스필드와 드루스가 작성한 자료와 앨범이 결정적 증거가 될 것이다.

이 증거를 제시하면 아무리 딘이라도 부정할 수 없을 거라 익렬은 확신했다.

딘 소장 옆에는 통역관이 앉았고 그 옆에 경무부장 조병옥이 앉았다.

민정장관 안재홍, 제주도지사 유해진, 제주도 경찰 감찰청장 최천이 나란히 앉았다. 익렬의 자리는 경비대 사령관 송호성의 옆이었다.

정면은 사회를 맡은 맨스필드의 자리였다.

회담 서두에 맨스필드가 발언했다.

"이 회담에서는 참가자 누구나 자유롭게 의견을 말할 수 있습니다. 이것은 주재자 딘 소장의 명령입니다. 또한 회담 내용은 극비이며 외부에 유출한 자는 군정재판에 회부될 것입니다."

한 번 호흡한 뒤 맨스필드가 말했다.

"그럼 우선 경찰을 대표해 제주도 경찰감찰 청장께서 제주도의 상황설명 및 건의를 해 주시길 바랍니다."

맨스필드의 발언을 통역관이 조선어로 번역했다.

최천이 단상에 올라갔다.

"4월 3일 폭동발발 이후, 경찰은 총력을 다해 정보 수집을 위해 노력했습니다. 그 결과 놀랍게도 이 폭동이 국제공산주의에 의해 사전에 주도면밀히 준비된 것임이 밝혀졌습니다. 국제공산주의에서 파견된 폭도 수괴(首魁)들은 비밀리에 제주도 내 무장대를 조직했습니다. 더욱이 무장대의 훈련까지 하고 있었습니다. 병력은 이천 명이 넘는 것으로 추정됩니다. 그들은 식량을 풍부히 비축하고 우수한 병기를 보유하고 있습니다. 제주도 주둔 옛 일본군이 남긴 적산시설을 공비(共匪)가 유용하게 사용하고 있는 것도 간과할 수 없습니다. 게다가 전선의 지휘관은 틀림없이 풍부한 실전 경험이 있는 전술가입니다. 현재 제주도에는 응원경찰을 포함해 약 1,700명의 경찰관이 토벌 중이지만 병력이 열세임은 부정할 수 없습니다. 경찰과 경비대의 대병력을 투입해 합동작전으로 철저히 토벌하는 것 외에 공비를 진압할 수단이 없다고 생각합니다."

여느 때처럼 황당무계한 이야기가 이어졌다.

익렬은 실소할 수밖에 없었다.

설명이 끝나고 최천이 자리로 돌아가자 맨스필드가 송호성 쪽으로 눈길을 돌렸다.

"다음으로 경비대의 의견을 듣겠습니다."

통역이 발언 내용을 조선어로 번역하자 송호성이 고개를 들었다. 그러나 송호성은 단상에 올라가려 하지 않고, 앉은 채로 입을 열었다.

"제주도의 실정은 저보다 연대장이 더 잘 알고 있습니다."

그리고 익렬에게 명령했다.

"연대장, 자네 쪽에서 설명하게."

경례한 뒤 익렬은 단상에 올랐다.

우리가 원해서 이런 일을 하고 있다고 생각하느냐는 김달삼의 말이 뇌리에 스쳤다.

경찰과 서청의 횡포 속에서 자기방어를 위한 의거라고 말했다.

하지만 이 자리에서 이런 이야기를 해봤자 받아들여질 가능성은 없었다.

익렬은 신중히 말을 고르며 설명을 시작했다.

"이 사건은 제주도민의 전통적 배타성을 이용해 공산주의자, 불만분자, 밀무역자 등 다양한 집단이 일으킨 도민폭동이라 생각됩니다. 그리고 그 직접적 원인은 밀무역자와 경찰과의 마찰입니다. 경찰과 서청이 밀무역 적발을 명목으로 제주도민의 재산을 약탈하고 이에 반항하는 도민을 노골적으로 폭행했습니다. 4월에는 조천 지서와 모슬포 지서에서 고문치사 사건이 발생했고, 금능리에서는 경찰과 서청에 의해 즉결처형이 이뤄졌습니다. 이것이 불에 기름을 붓는 결과가 된 것입니다."

익렬은 통역관이 정확하게 번역하고 있는 것을 확인하며 설명을 계속했다.

"폭동이 주도면밀하게 준비된 것이 아니란 사실은 폭도들이 무기를 보면 확실히 알 수 있습니다. 폭도가 최초 보유했던 화기는 바다에서 건진 옛 일본군의 99식 소총 몇 자루뿐으로, 폭도 대부분은 죽창과 낫, 곤봉으로 무장하고 있었습니다. 현재 폭도 대부분이 카빈총을 가지고 있지만, 그것은 무도한 경찰에게 빼앗은 것입니다. 제가 직접 경찰토벌대와 폭도와의 교전을 몇 차례 관전했지만, 폭도 대부분이 전투훈련을 받지 않은 것은 명확했습니다. 경험 있는 야전 지휘관이 있다고는 생각되지 않았습니다. 경비대의 조사에 의하면 무장대의 병력은 약 이백, 크게 잡아도 최대 삼백 정도입니다. 그 외는 불가항력에 의한 부화뇌동한 무리에 지나지 않습니다. 현재 산으로 피난 간 도민의 수는 수만 명으로 불어났지만, 이는 경찰과 서청의 횡포에 의해 어쩔 수 없이 피난한 도민이며 경찰의 최초작전과 대책이 실패한 결과입니다."

조병옥은 벌레 씹은 얼굴을 하고 있었다.

익렬은 구체적인 대책 설명을 하기 시작했다.

"이상의 정세분석을 바탕으로 대책이 필요합니다. 적의를 품은 폭도와 부화뇌동한 일반 도민을 분리할 필요가 있습니다. 즉, 폭도를 제주도민에게서 고립시켜야만 합니다. 이 작전의 저해 요인은 경찰의 기강 문란입니다. 경찰의 기강 문란이 폭도 증가의 원인이 되고 있습니다. 따라서 모든 제주도 경찰을 제 지휘하에 둘 것을 요청합니다. 작전의 통일성을 위해서라도 이는 절대적으로 필요한 조건입니다. 마지막으로 제 보고가 정확하다는 증거를 제시합니다."

익렬은 경례한 뒤 단상에서 자리로 돌아와 맨스필드가 준비한 자료와 앨범을 딘에게 직접 건넸다.

딘이 앨범에 첨부된 영문설명을 읽기 시작했다. 이 설명은 맨스필드가 쓴 것으로 설득력이 있었다.

딘의 얼굴이 붉어졌다.

익렬은 맨스필드의 얼굴을 보았다.

맨스필드는 만족스러운 듯 끄덕였다.

딘이 앨범을 조병옥 앞에 집어 던졌다.

"닥터 조, 이게 대체 어떻게 된 것입니까? 당신의 보고와 완전히 다르지 않습니까?"

딘의 발언이 조선어로 통역되자 자리가 시끄러워지기 시작했다.

조병옥은 당혹스러운 표정으로 앨범을 보았다.

갑자기 조병옥이 자리에서 일어나 단상으로 뛰어 올라갔다.

"연대장의 설명은 모두 엉터리이다. 증거자료와 앨범은 연대장이 조작한 것이다. 이것은 경찰을 향한 중상모략이다."

처음에 조선어로 말한 뒤 스스로 영어로 번역했다.

이 자료와 앨범은 익렬이 아닌 맨스필드와 드루스가 작성한 것이었다.

익렬이 그 사실을 지적하려 하자 조병옥이 영어로 지껄이기 시작했다. 너무 빨리 말해 익렬은 알아들을 수가 없었다.

딘이 맨스필드에게 눈짓했다. 그것을 본 맨스필드가 입을 열었다.

"후에 발언 기회를 드리겠습니다. 단상에서 발언 중에는 멋대로 발언하는 행위를 삼가십시오."

익렬은 입을 다물었다.

조병옥이 영어로 욕설을 내뱉기 시작했다.

갑자기 익렬을 손으로 가리켰다.

"저기 공산주의 청년이 한 명 앉아있다. 나는 오늘 처음으로 국제공산주의가 무서운 조직력을 가진 것을 알게 되었다. 헝가리, 루마니아, 체코슬로바키아에서 그랬듯 처음에는 민족주의를 전면에 내걸고 각지에서 폭동을 일으켜 정부를 전복시킨 뒤, 그 본성을 드러내는 것이 국제공산주의자의 상투적 수단인 것이다."

익렬은 너무 엄청난 일에 멍해졌다. 조병옥의 유창한 영어를 잘못 들은 것이 아닐까 생각했다. 그러나 틀리지 않았다. 순간적으로 영어가 나오지 않은 익렬은 한국어로 외쳤다.

"닥쳐라."

즉시 딘이 익렬을 저지했다.

"연설을 방해해서는 안 된다."

조병옥은 다시 한번 익렬을 가리켰다.

"민족주의 가면을 쓴 청년이 외국에만 있을 거라 생각하지만 지금 우리나라에도 있다. 저 연대장이야말로 그 청년이다. 우리 경찰의 조사에 의하면 저 청년의 아버지는 국제공산주의자이며 소련에서 교육받고 현재 북에서 공산당 간부로 활약하고 있음이 판명되었다. 저자는 아버지에게 교화되어 확고한 신념의 공산주의자가 되었고 아버지의 지령에 의해 행동하고 있는 것이다."

딘이 눈을 크게 뜨고 익렬을 째려보았다.

맨스필드마저도 익렬을 의심의 눈초리로 보고 있었다.

익렬이 조선어로 외쳤다.

"아버지는 내가 다섯 살일 때 돌아가셨다. 함부로 말하지 마."

영어가 나오지 않았다. 그렇다기보다 너무 흥분한 나머지 영어로 설명해야 하는 사실조차 인식하지 못했다.

단상으로 뛰어가 조병옥의 배에 주먹을 날렸다.

그대로 조병옥의 멱살을 잡아 자세를 잡고 다리를 걸었다.

익렬은 유도 삼단이었다.

그러나 쉰 살이 넘은 조병옥이 그 자리에서 버텼다.

익렬은 멱살을 쥔 손을 놓고 넥타이를 붙잡았다.

목이 조였다.

조병옥은 숨을 쉬지 못해 비명을 질렀다.

최천이 단상으로 뛰어 올라갔다.

익렬이 최천의 사타구니를 걷어찼다.

급소를 가격당한 최천은 비명을 지르며 바닥을 굴렀다.

딘이 고함을 질렀다.

"송호성 장군, 싸움을 멈추도록 하시오!"

영어였기 때문에 송호성은 이해하지 못했다.

익렬은 조병옥의 목을 조르며 화를 냈다.

"너는 일제강점기에 독립운동을 해 애국자인 줄 알았더니 말도
안 되는 놈이었구나. 자신의 죄에서 벗어나려 나를 공산주의자로
만드는 것이냐. 정정해. 정정하지 않으면 죽여 버린다."

통역이 딘의 말을 번역했다.

그것을 듣고 송호성이 말했다.

"연대장, 제정신이야? 손을 대는 건 안 돼. 말로 해."

하지만 직접 단상에 올라가 싸움을 말릴 생각은 아닌 것 같았다.

영어가 난무하는 가운데, 무슨 일이 일어난 것인지 전혀 이해하
지 못하는 안재홍도 입을 열었다.

"연대장, 손을 놓으시오. 폭력을 그만두게. 외국인이 우리를 야
만인으로 오해하지 않는가. 멈추고 말로 하시오."

안재홍 역시 말만 할 뿐, 자리에서 일어나려 하지 않았다,

유해진이 단상에 올라왔다.

이를 알아차린 익렬은 조병옥의 넥타이를 붙잡고 몸을 펴 눈을

부라린 채 유해진을 위협했다.

익렬의 기세에 유해진은 주뼛주뼛 물러났다.

딘이 통역을 불렀다.

"안 장관과 송 장군은 뭐라 말하고 있는가?"

통역은 둘을 슬쩍 보며 영어로 대답했다.

"너는 공산주의자고 나쁜 놈이라고 비난하고 있습니다."

완전 엉터리였다.

몹시 흥분한 익렬은 넥타이를 잡은 채 조병옥을 단상에서 끌어내리고 바로 딘에게 다가갔다.

딘의 얼굴이 굳어졌다.

익렬은 몸을 편 채로 반동을 이용해 딘의 옆에 있는 통역을 발로 찼다.

턱을 차려 했지만 빗나간 익렬의 발은 통역의 사타구니를 명중했다.

몸이 날아가며 통역이 큰 비명을 질렀다.

사타구니를 잡고 바닥을 굴렀다.

놀란 딘이 뒷걸음쳤다.

그대로 회의장 문을 열고 밖으로 뛰어나갔다. 순식간에 밖을 경비하던 미 헌병이 회의장으로 뛰어왔다.

두 명의 미 헌병이 익렬을 조병옥에게서 떼어내 양팔을 잡고 의자에 앉혔다. 익렬의 팔을 고정해 몸을 움직이지 못하도록 했다.

딘이 회의장으로 돌아와 외쳤다.

"콰이엇! 콰이엇!"

회의장이 쥐죽은 듯 조용해졌다.

2, 3분의 침묵 후, 딘이 말했다.

"닥터 조, 설명을 계속하시오."

조병옥이 단상에 올랐다.

복장을 고친 뒤 다시 익렬을 가리켰다.

"저 청년의 아버지가 북한에서 공산당 간부로 활약 중이란 보고를 받은 것은 며칠 전이다. 현재 경비대에 상당히 많은 공산주의자가 잠입한 것은 모두 알고 있는 사실이다. 그들은 적당한 때를 골라 경비대를 장악해 한 번에 권력을 타도하려 몸을 숨기고 있다. 공산주의자의 준동 증거가 저 청년이다."

영어로 빠르게 말해 익렬은 절반 정도밖에 못 알아들었지만, 익렬을 공산주의자로 단정 짓고 비난하고 있는 것이 분명했다.

"터무니없는 소리 하지 마."

익렬은 소리쳤다.

그러나 흥분한 익렬은 논리정연하게 반론할 수 없었다. 하물며 영어반론 같은 건 할 수도 없었다.

딘이 "콰이엇"을 연발했다.

그러나 조병옥도 익렬도 계속해서 고함을 질렀다.

안재홍이 큰 소리로 말했다.

"연대장, 조용히 하시오."

송호성도 옛날 양반이 하인을 혼내듯 고함을 질렀다.

"이놈! 이놈!"

이놈이 익렬을 가리키는 것인지 조병옥인지 모르지만 익렬에게는 송호성이 조병옥을 비난하는 것처럼 들렸다.

갑자기 안재홍이 책상을 두드리며 통곡하기 시작했다.

"아이고! 이게 무슨 일인가. 연대장 참으시오. 이것은 우리 민족이 스스로 해방된 것이 아니라 외세의 힘으로 해방된 굴욕이오. 연대장, 참으시오. 흑흑흑…."

조병옥이 연설을 멈추었다.

익렬도 입을 다물었다.

조용해진 회의장에 안재홍의 통곡 소리만 울려 퍼졌다.

딘은 놀란 눈으로 안재홍을 바라본 뒤 조병옥의 얼굴을 보았다.

그다음 일어선 딘이 외치듯 선고했다.

"오늘 회담은 이것으로 해산이다."

그대로 딘은 회의장을 나갔다.

조병옥이 서둘러 그 뒤를 따랐다.

최천, 유해진, 미 헌병들도 모습을 감추었다.

회의장에는 익렬, 송호성, 안재홍만이 남았다. 익렬은 영어를 이해하지 못하는 둘에게 무슨 일이 일어났는지 이야기했다. 특히 조병옥이 익렬의 아버지가 북에서 공산당 간부로 활약하고 있으며 익렬도 아버지의 지령으로 행동하는 공산주의자라 주장했음을 설명했다. 물론 익렬의 아버지는 익렬이 다섯 살 때 타계했다는 사실도 전했다.

안재홍이 눈물을 흘리며 중얼거렸다.

"민족의 비극이다."

다른 말은 없었다.

딘에게 전령이 왔다. 송호성과 안재홍에게 곧바로 비행장으로 오라는 명령이었다.

일행은 제주에서 일박할 예정이었지만 일정을 변경해 그대로 서울로 날아갔다.

3

미군 최고정상회담을 한 다음 그대로 제주읍에서 일박한 익렬은 다음 날인 5월 6일 아침, 제주읍 소재 연대 임시본부 겸 연락소로 출근했다.

제주도 내 각 경찰지서에는 완전무장한 경비대가 주둔하고 있었고 경찰은 지서 밖으로 벗어나지 못하고 있었다.

따라서 폭도와 경찰과의 교전 보고는 없었다.

조병옥의 말대로 익렬이 북 공산당 간부인 아버지의 지령으로 움직이고 있었다면 바로 체포해 심문했을 것이다.

익렬은 어젯밤부터 경찰의 이상한 움직임을 경계했지만 아무 일도 없었다.

각 경찰지서 앞에 완전무장한 경비대가 주둔한 이상, 경찰은 움직이려 해도 움직일 수 없었다. 이는 맨스필드가 경비대에 권한을 부여했기에 가능한 일이었다. 조병옥이 딘을 움직이면 쉽게 역전될 수 있었다.

그렇다 해도 조금만 조사해보면 익렬이 다섯 살 때 아버지가 사망한 사실을 바로 알 수 있다. 아무리 꾸며도 북에서 공산당 간부로 활약하고 있다고 우길 수 없었다.

현재 제주도에서 아니 조선반도 남반부에서는 경찰이 "놈은 빨 갱이다"라고 간주하기만 하면 구속해 고문하는 일이 가능했다.

생각해보면 이상한 사태였다.

1945년 여름, 일본의 항복 직후 공산주의자는 당당히 자신이 공산주의를 신봉한다 표명하고 활동했다.

물론 공산당도 합법이었다.

빨갱이는 일제가 독립운동가에게 붙인 호칭이었다. 따라서 빨 갱이라고 불리는 것은 훈장이자 자랑할 일이었다.

그 이후 채 삼 년이 지나지 않았다.

빨갱이의 의미가 왜곡된 것은 친일 경관들이 그 말을 사용하면 서부터였다.

일제강점기에는 '일본의 적'이란 의미였지만 어느새 '사회의 적' 이란 의미가 되었다. 경찰 주변에서는 빨갱이는 때려 죽여도 되는 존재란 것이 상식이 되었다.

명분상 남조선노동당(남로당)은 합법이었다. 때문에 남로당 당원 이란 이유만으로는 체포할 수는 없었다. 법정에 끌어들이기 위해서 는 폭행이나 방화 같은 죄명이 필요했다. 그러나 그것은 어디까지 나 명분상이었다. 경찰은 자의적으로 '빨갱이'란 말을 악용했다.

어쨌든 익렬을 공산주의자로 체포해 심문할 생각은 아닌 듯했 다. 최고정상회담에서 조병옥에게 휘두른 폭력을 묻어 두지는 않 을 거라 생각했지만 지금은 할 일을 해야 했다.

오라리 방화 사건의 실행자 한 명을 모슬포 영창에 감금했다.

이것은 움직일 수 없는 증거였다.

우선 이 부분을 추궁할 필요가 있을 것이다.

게다가 드루스가 호위하던 귀순자를 경찰이 습격한 사건이었다. 김정호가 새빨간 거짓말을 늘어놓은 것은 명백했다. 조사해보면 결정적 증거도 나올 것이다.

이들 사건의 보고서를 읽던 중 당번병이 들어왔다.

"경비대 총사령부 고급부관 박진경(朴珍景) 중령이 제주읍 비행장에 도착해 이곳으로 오고 있다고 합니다."

익렬은 고개를 들었다.

"박진경이? 도대체 어떻게 된 일이야. 사전에 무슨 연락이 있었나?"

"아닙니다. 사전에 연락은 없었습니다."

"흠 최고 참모의 시찰인가."

시계를 봤다.

11시를 지난 시점이었다.

박진경은 1920년생으로 익렬보다 한 살 많았다. 같은 경상남도 출신이고 연령대도 비슷해 친하게 지냈었다. 진경이 결혼했을 때 익렬이 시중을 들었을 정도였다.

대지주의 아들로 일제강점기에 일본의 오사카외국어학교(大阪外國語學校)를 졸업했다. 이후 일본 육군공병학교를 졸업해 소위로 임관했으며 해방 당시 제주도에 주둔했던 일본군 제58군단에 소속되어 있었다.

해방 후에는 군사영어학교를 졸업해 소위로 임관했다.

오사카외국어학교를 졸업한 박진경은 영어가 능통해 딘의 총애를 받았다. 현재 서울에서 인사참모로 근무하고 있을 터였다.

잠시 후 박진경이 들어왔다.

제주읍 비행장에서 이곳으로 직행한 듯했다.

거수경례하며 익렬이 입을 열었다.

"오랜만이다. 잘 지냈어?"

"잘 지냈지. 너도 건강해 보이네."

"응. 그런데 사전연락도 없이 갑자기 무슨 일이야?"

"네 후임 연대장으로 왔어. 오늘 아침에 딘 장군에게 직접 명령을 받았어."

익렬의 얼굴이 굳어졌다.

딘에게 직접 명령을 받았다니!

연대장을 임명하는 것은 경비대 사령관 송호성이다.

딘이 그 사실을 전한 것은 상당히 이례적이었다.

그건 무엇을 의미하는 걸까.

초토작전임을 익렬은 직감했다.

박진경은 초토작전의 결행을 약속하고 이곳에 온 것이었다.

동포를 죽이고 십만 달러를 받는 약속을 한 것인가 하고 익렬은 마음속으로 중얼거렸다.

진경이 서류를 책상 위에 두었다. 김익렬을 해임한다고 적혀있었다. 이제 익렬은 병사 한 명조차 움직일 수 없었다. 아무것도 할 수 없는 것이었다.

진경이 입을 열었다.

"수원 제11연대의 1개 대대가 제9연대 휘하가 되었어. 열흘 안으로 도착할 거야."

지난번 도착한 부산 제5연대에서 파견된 1개 대대 그리고 수원 제11연대에서 1개 대대, 본래 제9연대 소속의 1개 대대와 합쳐

3개 대대의 병력을 보유하게 된 것이었다.

그 큰 병력으로 초토작전을 수행할 모양이었다.

익렬은 제주읍 소재 연대 임시본부 전 장교를 회의실로 모이도록 명령했다.

준비가 끝난 다음 익렬은 진경을 데리고 회의실로 들어갔다.

이유도 모른 채 갑자기 회의실로 집합시키니 모두 당황한 얼굴이었다.

익렬이 간단히 설명했다.

"나는 서울로 돌아가게 되었다. 후임 박진경 중령이다."

짐짓 점잔빼며 헛기침을 한 뒤 진경이 정면에 섰다.

"나의 아버지는 대정익찬회(大政翼贊會)의 거물급 간부였다."

장소가 술렁였다. 그러나 진경은 아랑곳하지 않고 말을 이었다.

"알고 있는 것처럼 당시에 조선인 간부는 거의 없었다. 그런 와중에 아버지는 중요한 지위에 발탁되었다. 아버지는 기대에 부응해 빨갱이 박멸을 위해 힘쓰셨다. 나도 그 의지를 이어받아 빨갱이 소탕을 위해 생애를 바치고자 한다."

익렬은 벌어진 입이 다물어지지 않았다.

대정익찬회라면 일제가 침략전쟁을 추진하기 위해 만든 조직이 아니었던가.

그 조직의 조선인은 소위 친일파 중에서도 친일파였다.

그 말을 들으면 모두가 반발심만 가진다는 것을 모르는 것인가.

이걸로 끝이 아니었다. 진경은 더욱 무서운 말을 입에 담았다.

"제주도민의 사상은 상당히 위험하다. 대부분이 빨갱이에게 물들어있다. 제주도 폭동 사건이 우리 조국의 독립을 방해하고 있는 것이다. 우리 조국의 독립을 달성하기 위해 어떻게든 제주도 폭동을 초기에 진압해야 한다. 이를 위해 제주도민 삼십만을 희생할 수밖에 없다. 향후 해안선에서 5㎞ 이상 떨어진 중산간지대를 적성지역으로 간주해 철저히 토벌한다. 제주도는 동서 이백여 리 남짓한 작은 섬이다. 동쪽에서 서쪽으로 이 잡듯 철저히 소탕전을 벌이면 일주일에서 보름 안에 폭동 진압이 가능할 것이다. 독립의 대의를 달성하기 위해서는 일정 희생을 각오해야 한다. 나는 단호한 결의로 폭동 진압 작전에 임할 각오이다."

회의실을 나온 익렬과 진경은 인수인계를 위해 연대장실로 돌아왔다. 둘만 남자 익렬은 될 수 있는 한 자극하지 않도록 주의하며 진경에게 말했다.

"그 취임연설은 받아들일 수 없겠어."

진경이 얼굴을 들었다. 익렬이 말을 이었다.

"대정익찬회라면 친일파 정치집단이 아닌가. 아버지가 그 집단의 거물이라 말하면 모두 반발할 거야."

"아버지를 나쁘게 말하는 건 네 놈이라도 용서할 수 없어."

"아니. 그런 뜻이 아니야. 일부로 그 말을 모두에게 할 필요는 없지 않았을까 하는 말이야. 비밀로 하는 것이 나을 거야."

"아버지의 업적을 자랑하는 게 왜 안 된다는 거지?"

익렬은 말문이 막혔다. 그렇게 노골적으로 말하면 반론할 수 없었다.

진경이 다그치며 말했다.

"나는 그저 아버지도 빨갱이 박멸을 위해 몸 바쳤다는 것을 말하고 싶었을 뿐이야. 나는 아버지의 뜻을 계승한다는 거지."

익렬은 작은 한숨을 내쉬었다.

지금 서울에서는 이런 논리가 만연한 것일까.

일제는 빨갱이를 탄압했다. 그래서 친일파도 빨갱이를 탄압했다. 빨갱이를 탄압하는 것은 올바르다. 따라서 친일파 활동은 자랑스러운 일이었다.

도저히 이해할 수 없는 구실이었다. 익렬뿐만이 아니었다. 이런 억지 이론을 제9연대의 장병에게 이해시키는 게 가능할 리 없었다.

그러나 진경은 이 억지 이론을 굳게 믿고 있는 것 같았다.

익렬은 조금 고개를 저으며 화제를 바꾸었다.

"그런데 말이야. 제주도민 삼십만 명을 희생해도 상관없다는 건 아무리 그래도 너무 심한 말이야."

"어째서?"

"제주도민도 우리 동포잖아. 그걸 희생해도 상관없다고 말할 수 있는 거야?"

"놈들 대부분은 빨갱이에게 물들어있어. 대청소가 당연하잖아?"

"그럼 잘 들어. 군대는 야쿠자와 달라. 두목의 명령이라면 뭐든지 해야만 하는 조직이 아니야. 군인은 국가와 민족을 위해 스스로 목숨을 바치는 충성심으로 결속되는 조직이다. 대의명분이 아니면 상관의 명령을 듣지 않는 것이 군대다."

"그러므로 독립이라는 최고의 대의를 위해 싸워야 한다고 말하고 있잖아?"

"동포를 죽이는 것이 대의인가?"

"빨갱이를 죽이는 일을 망설일 필요는 없어."

마지막엔 시비조였다.

어떤 말을 해도 말이 통하지 않았다.

진경이 딘에게 초토작전 수행을 명받았고 그걸 승낙한 것은 이제 의심할 여지가 없었다.

암담한 기분으로 익렬은 연대장실을 나왔다.

4

제주읍 비행장 옆을 강헌창이 터벅터벅 걷고 있었다.

해는 서쪽으로 기울어져 있었다.

서쪽 하늘에는 붉게 물든 구름이 하루의 끝을 즐기는 것 같은 향연에 취해 있었다. 밤의 장막이 반쯤 닫힌 동쪽 하늘에는 재빨리 별이 빛나고 있었다. 조금 전까지 한라산에서 불던 강풍은 어느새 그쳤다.

활주로 옆에 엄청난 수의 천막이 줄지어 있었다. 산에서 온 귀순자를 수용하기 위한 시설이자 4월 28일 김익렬 연대장과 폭도 우두머리와의 평화 협상 결정으로 설치·운영된 것이었다.

평화 협상 다음 날에는 하산자가 소수였지만 다음 날부터 산에서 내려오는 귀순자 수가 천막 설치·운영이 늦어질 정도로 증가했다. 설치·운영을 담당한 제9연대 장병들도 기쁘게 작업에 임했었다. 귀순자들의 감사와 웃는 얼굴은 제9연대 장병들에게 가장 큰 격려였다.

그러나 5월 3일 귀순자 습격 사건 이후 천막촌의 분위기가 일변했다.

산에서 새로 내려오는 귀순자는 없어졌다.

이곳에서 생활하는 귀순자의 얼굴에서는 미소가 사라졌다.

그리고 오늘 김익렬 연대장의 해임이라는 청천벽력 같은 소식이 날아들었다.

새 연대장으로 부임한 사람은 박진경이라는 남자였다. 조금 전 제주읍 비행장에 주둔 중인 병사들을 모이도록 한 뒤 새 연대장의 통솔과 작전방침 설명이 있었다.

헌창은 식당으로 향하고 있었다. 식사는 군 생활 최고의 즐거움 중 하나였다. 그러나 헌창의 기분은 가라앉아 있었다.

인기척을 느껴 돌아보니 삼춘이 한림여관의 주인인 양길호였다.

주변에 아무도 없었지만, 길호는 어깨가 부딪힐 정도로 가까이 와 귓가에 속삭였다.

"당치도 않은 놈이 온 모양이던데."

헌창이 걸으며 고개를 끄덕이는 것을 보고 길호가 말을 이었다.

"요즘 시대에 아버지가 대정익찬회의 거물 간부였던 것을 자랑하는 놈이 있다는 사실이 놀랍군. 민족반역자 아들이 자랑스럽나?"

"그것보다 그 작전방침…."

"흥 그놈, 일제의 육군소위로 제주도에 부임했다는 소문이야."

헌창이 얼굴을 들자 길호가 이를 보이며 싱긋 웃었다.

"신멸(燼滅)…."

"뭐야 그게?"

"만주군에 있던 놈에게 들었는데 비적(匪賊)을 토벌할 때 쓰는 작전이야. '신멸'이라는 건 흔적조차 남기지 않고 불태운다는 뜻인 모양이야. 비적이라는 건 정규군이 아니잖아. 공산당이 많으니까 공비라 불렀던 모양이야. 어쨌든 비적에게 만주군은 상당히 고통을 받았었다는군. 공격하면 연기처럼 사라지고 방심하면 바로 주변에 나타나 기습했다고 하더라. 비적이 민중 속으로 녹아든 것이 문제였지. 말하자면 비적이란 민중의 바다에 사는 물고기 같은 거야. 그러니 바다를 바싹 말려버리는 게 신멸소탕작전이야. 비적이 거기에 있는지 없는지는 모르지만 어쨌든 비적이 출현할만한 지역의 마을을 불태워버린다는 거지."

"아무래도 이해가 안 가네. 그저 살고만 있는 평화로운 마을을 불태운다는 건가?"

"불을 지르는 것만이 아니야. 몰살시키지."

"그런…."

"일본군은 그렇게 했어. 심했던 곳은 만주나 중국 북부였는데 그 외 지역에서도 아주 당치도 않은 일을 했던 모양이야. 전쟁이란 군대와 군대가 서로 죽이는 거야. 이것도 생각해보면 이상하지만, 일본군이 죽인 것은 군대가 아니었어. 일반 마을 사람이었어. 여자와 아이도 죽였지. 노인도 용서하지 않았어. 걸음마도 안 뗀 아기까지 죽였다고 하더군. 물론 그런 짓은 용서받을 수 없어. 일본은 전 세계적으로 비난받았어. 패전 후, 전쟁범죄로 재판을 받은 녀석도 있었어. 지극히 일부였지만 말이야. 그런데 저 새로운 연대장은 그 일본군의 작전을 여기서 할 거라 말하고 있지. 전쟁 중에도 허용되지 않는 작전을 전쟁 중인 것도 아닌 제주도에서 한다고 하니…. 이제 뭐라고 해야 할지…."

헌창은 팔짱을 꼈다.

머릿속엔 조천면의 산속 깊은 곳의 마을 광경이 떠올랐다.

"난 봤어."

"뭘?"

"뭐라고 했었지 그 작전?"

"신멸소탕작전."

"그 신멸인지 뭔지 하는 작전을 당한 마을을 봤어. 김익렬 연대
장님은 '초토작전'이라 말했지만."

"언제? 어디서?"

"열흘 정도 전이었나. 전체 섬의 중산간 마을에 정찰대가 파견
되었지. 평화를 촉구하는 전단지를 나눠주기 위한 정찰대."

"응. 나는 중문면을 돌아다녔었는데."

"나는 조천면이었어. 중산간 마을을 돌았을 때는 한가로이 콧
노래를 부르며 정찰했었는데… 분대장이 성큼성큼 깊은 산속으로
걸어갔지. 이런 깊은 산에도 마을이 있구나하고 생각했었지. 그리
고 시야가 훤히 트이자 마을이 보였어. 그런데 아무도 없었지."

"어떻게 된 일이야?"

"집은 완전히 불타 있었어. 검게 탄 나무만 있었지. 지면에는
핏자국. 어지간한 양이 아니었어."

"사체는?"

"사체는 없었어. 살아남은 자가 매장했을 거라 생각하지만…"

"아무도 만나지 못한 거야?"

"고양이 한 마리도 없었어. 마을 하나가 사라져 버렸어."

"누가 그런 짓을…?"

"경찰토벌대가 확실하잖아."

"놈들이라면 그럴 수 있지. 그런데…."

"나는 이 눈으로 봤지만 지금도 믿기지 않아."

"그런 소문을 들은 적이 있어. 설마 그런 일이 있을 수 있을까 생각했어. 사실이라고는……"

길호가 입을 다물었다.

헌창은 발을 멈추고 길호의 얼굴을 정면으로 보았다.

"새로운 연대장은 그 작전을 할 거라 말하고 있어. 해안선에서 5㎞ 이상 떨어진 중산간지대를 적성지역으로 간주해 철저히 토벌하라고 말했잖아. 우리 마을도 네 마을도 적성지역이라고. 그런 짓을 명령하면 어떻게 하란 말이야?"

"권당을 죽이는 일 따위는 할 수 없지."

"그건 그래. 하지만 할 수 있다 없다의 문제가 아니야."

잠시 틈을 둔 길호가 말했다.

"도망갈 수밖에 없어."

"탈영 … 이야?"

길호가 고개를 끄덕였다.

탈영은 중죄였다. 이런 정세에서 잡히면 총살당할지도 모른다.

식당은 벌써 코앞이었다. 서서 이야기하고 있는 두 사람의 옆을 몇 명의 병사가 지나갔다. 길호는 목소리를 더 낮췄다.

"적어도 제주도 출신 병사는 모두 같은 생각일 거야. 내가 다른 놈들에게 말해볼게. 어이, 경솔한 말을 입에 담지 마."

"알고 있어."

굳은 얼굴에 억지 미소를 보이며 길호가 헌창의 어깨를 두드렸다.

"어쨌든 밥 먹자."

"응."

둘은 어깨를 나란히 하며 식당으로 들어갔다.

길호도 헌창도 침묵한 채 급히 밥을 먹었다. 실제로 무엇을 먹고 있는지 모르고 있었다.

헌창의 머릿속에는 조천의 깊은 산속 마을의 광경이 계속 떠올랐다.

무너진 나무.

땅에 남겨진 엄청난 핏자국.

검게 탄 돼지.

덩그러니 남은 작은 빨간 구두.

펑펑 솟아나는 맑은 물.

그리고 너무 무섭기만 한 정적.

탈영밖에 없었다.

알고 있었다. 그러나 무서웠다. 잡히면 죽는다. 병영을 빠져나온다 한들 끝까지 도망칠 수 있을까.

애초에 어디로 도망쳐야 하나.

마을로 돌아올 수는 없다.

일본으로 도망칠까.

그것도 쉽지 않았다. 4월 3일 폭동발발 이후 미 해군이 제주도를 완전히 봉쇄했다는 소문이 자자했다. 바다는 넓었다. 저녁 어둠에 숨어 빠져나갈 수 있을지도 모른다. 그러나 그것은 너무 위험한 시도라는 것 역시 확실했다.

게다가 제주도민이 몰살당할지 모르는데 나 혼자 일본으로 도망치는 것도 망설여졌다.

그렇다면 산사람들과 함께 싸워야 하나.

거기에 목숨을 걸어야 하나.

결심이 서지 않았다.

양조환은 산사람들에게는 승산이 없다고 했다.

수렁에 빠진다. 그렇고말고.

순이의 웃는 얼굴이 떠올랐다.

순이는 산사람들과 함께 있었다.

그런 작은 소녀마저 제주도민 편에서 싸우고 있었다.

어떻게 한단 말인가!

헌창은 자신에게 물었다.

결론이 나지 않았다.

5

제주읍을 나온 지프가 일주도로 서쪽을 향하고 있었다.

스리쿼터로 이 길을 달렸던 날을 김익렬은 떠올렸다.

그날은 즐거웠다.

꿩을 사냥하며 소풍 온 것 같은 기분이었다.

그 이후 아직 한 달하고 며칠밖에 지나지 않았다.

아주 오래된 일 같았다.

익렬은 눈을 감았다. 요즘 계속 수면 부족이었다. 그러나 도저히 잘 수 있을 것 같지 않았다.

눈을 뜨자 정면에 가라앉기 시작한 태양이 있었다.

지나치게 붉은색이 신경을 거슬리게 했다.

젠장.

태양에 마구 욕설을 퍼부은 뒤 시선을 돌렸다. 왼쪽에는 중산간의 초원이 펼쳐져 있었고 오른쪽에는 바다가 펼쳐져 있었다. 평화로운 광경이었다.

고내봉을 지난 부근에서 지금까지 침묵을 지키던 이윤낙이 입을 열었다.

"4월 29일, 그러니까 김달삼과의 회담이 있던 다음 날, 딘 장군이 비밀리에 제주도에 왔었다고 합니다."

될 대로 되란 식이었던 익렬은 건성으로 답했다.

"그런가…."

"딘 장군이 누구와 만나고, 무엇을 했는지는 모르겠지만……."

"응."

익렬은 다시 눈을 감았다.

윤낙은 개의치 않고 이야기를 계속했다.

"5월 1일, 오라리의 연미촌에서 어머니가 살해당한 소녀에게 전후 사정을 물었던 걸 기억하십니까?"

"응. 분명 박기하라는 이름이었던가."

익렬은 흐느끼며 증언하던 박기하의 모습을 생각했다. 불쌍했다. 어머니가 죽고 어떻게 지내고 있을까.

"그때, 오라리 상공을 잠자리비행기가 날고 있었다고 말했었는데 기억하십니까?"

"이상한 이야기라 기억하고 있다. 잠자리비행기는 미군의 L-5 경비행기 외에는 떠오르지 않는데 왜 그때 때마침 미군 비행기가 오라리 상공을 날고 있었던 것인지. 게다가 오라리를 감시하듯 계속 빙빙 선회했다 하지 않았나? 우연치고는 이상하다고 생각했었는데…."

"아직 확실히 확인된 것은 아니지만 그때 L-5 경비행기는 불타고 있는 오라리를 촬영하고 있던 모양입니다."

"촬영? 도대체 뭘 위해?"

"영화를 만들기 위해서라는 이야기였습니다.'

익렬은 눈을 떴다.

"영화라고! 그런 이야기는 들어본 적이 없어. 도대체 무슨 영화란 말인가."

"제주도 폭동이 국제공산주의의 음모에 의한 것임을 국제적으로 선전하는 뉴스영화입니다."

"아니 잠깐. 불타고 있는 오라리를 촬영하고 있었다면 사전에 오라리가 방화될 것을 알고 있었던 것이 아닌가?"

"그렇습니다."

오라리를 방화한 것은 대청과 서청단원들이다. 방화범 중 한 명인 대청단원을 체포해 모슬포에 구속했었다.

마을이 불타는 것을 보고 폭도의 무장대가 뛰어왔다. 그것을 본 대청과 서청은 꽁무니를 보이며 도망갔고 폭도 무장대도 곧바로 물러갔다. 직후 몇 대의 트럭에 분산되어 탄 경찰대가 와 총을 쏘며 마을로 돌입했다.

익렬 일행이 오라리에 도착한 것은 그 이후였다. 경찰대는 경비대의 접근을 알아챈 뒤 곧바로 도망쳤다.

이상이 오라리 방화 사건의 경과였다. 이는 이윤낙의 청취조사로 확인된 것이며 확실한 사실이었다.

문제는 대청·서청단원의 방화 이유였다. 놈들에게 오라리를 방화해야 하는 동기가 있었다고는 생각되지 않았다.

4·28 평화 협상을 깨기 위해 경찰이 대청·서청단원을 이용해 저지른 짓으로 익렬은 생각했다. 이후 경과도 이를 뒷받침했다. 경찰에게는 4·28 평화 협상을 박살내야 하는 동기가 있었다. 아마도 김정호가 배후일 것이라 생각했다.

그러나 오라리 방화를 미군이 알고 있었다면 이야기가 달라진다.

방화의 배후는 미군인 것일까.

윤낙이 말을 이었다.

"그날 맨스필드 군정장관과 만난 뒤 동화여관으로 갔습니다."

"그래. 맨스필드 군정장관의 명령이었지."

"동화여관에 있었던 CIC 장교와 G-2 장교도 우리 보고를 전적으로 부정했습니다. 이야기를 들으려고도 하지 않았습니다."

"놈들은 경찰의 보고를 곧이곧대로 받아들였지."

"해안선에서 5㎞ 이상 떨어진 중산간지대를 적성지역으로 보고 철저히 토벌하라는 말만 반복할 뿐이었습니다."

"아이일지라도 그곳에 있는 자는 빨갱이니까 죽이라고까지 말했었다."

"CIC와 G-2 장교가 경찰보고를 그대로 받아들인 것은 아닐 거라 생각합니다."

"어째서지?"

"CIC와 G-2가 오라리 방화를 명했다는 말입니다."

"으응…."

미군이 오라리 방화를 사전에 알고 있었다면 당연히 그렇게 생각해야 한다.

"미군이 왜 그런 짓을…?"

답은 알고 있었다.

그러나 묻지 않을 수 없었다.

"4·28 평화 협상을 깨기 위함입니다."

"배후는 경찰이 아닌 미군이라는 거군."

"그렇게 생각하면 모든 것이 맞아 떨어집니다. 모두 4월 29일에 섬에 온 딘 장군의 지시입니다."

"그 시점에 이미 미군의 방침이 정해져 있었다는 것인가?"

"촬영팀까지 준비해 오라리를 방화한 것입니다. 어쩌면 촬영팀은 딘 장군과 함께 섬에 왔을지도 모릅니다."

"믿기 힘들군."

"직접적 증거는 없지만 모든 정황증거가 이를 가리키고 있습니다. 5월 3일 귀순자 공격도 마찬가지입니다. 드루스 중위와 두 명의 미군 병사를 총격한 것은 습격대의 실수였겠지만…. 이후 조치를 봐도 배후에 딘 장군의 지시가 있었다고밖에 생각되지 않습니다."

익렬은 김정호의 옅은 웃음을 떠올렸다. 맨스필드, 드루스, 그리고 익렬을 앞에 두고도 전혀 주눅 들지 않았었다. 배후에 딘이 있었기 때문에 맨스필드 군정장관을 앞에 두고도 그렇게 당당할 수 있었던 것이다.

"최고정상회담도 익살극이었던 것인가."

"익살극이라고까지 말할 필요는 없다고 생각하지만 적어도 해안선에서 5㎞ 이상 떨어진 중산간지대를 적성지역으로 간주해 철저히 초토작전을 실행한다는 방침은 처음부터 결정되었다고 생각됩니다. 연대장님께 초토작전을 알리기 위한 장으로 생각하는 것이 타당할 겁니다…."

"더는 연대장이 아니다."

"실례했습니다. 어쨌든 최고정상회담에서는 여러 가지 일이 있었던 것 같습니다. 이쪽에서 초토작전을 받아들이지 않으면 대리 연대장을 임명할 생각이었던 것입니다."

"그때 소동을 일으키지 않았더라도 결과는 바뀌지 않았을 것이라는 거군."

"그렇습니다. 모든 것은 4월 29일 딘 장군이 섬에 온 시점에 결정되어 있었습니다. 그리고 이를 관철했습니다. 배후에 딘 장군이 있던 것입니다."

익렬은 일련의 사태를 떠올렸다.

5월 1일 오라리 방화 사건도 5월 3일 귀순자 습격 사건도 경찰 간부, 구체적으로 김정호 일행이 꾸민 것이라 생각했다.

배후에 있는 것은 조병옥이었다.

동기는 충분했다.

4·28 평화 협상이 성립되면 조기진압을 호언장담하며 제주도에 온 김정호의 체면이 완전히 구겨지고 조병옥의 권위는 땅에 떨어진다. 이뿐만이 아니다. 원만하게 일이 진행되면 폭동의 원인이 경찰

의 비행이라는 것이 밝혀진다.

　김정호와 조병옥의 몰락으로 끝나지 않고 형사책임까지 물을 수 있었다.

　놈들은 일제에 꼬리를 흔들며 민중의 고혈을 착취해 토실토실하게 살찐 기생충 같은 존재였다. 조병옥은 독립운동과 관련되었다고는 하지만 해방 후에는 친일 관료, 친일 경찰들을 기반으로 권력을 쌓아왔기에 한패로 봐야 했다.

　놈들은 일제가 무너지자 이번에는 미군정에 꼬리를 흔들고 있었다. 꼬리를 흔드는 상대는 달라도 하는 짓은 완전히 같았다.

　조국이 독립하면 이런 민족반역자들은 전멸할 거라 막연히 생각했었다.

　새로 태어나 달라진 조국에서 썩은 내를 풍기는 기생충들이 살아갈 곳이 있을 리 없다고 생각했기 때문이었다.

　그러나 그렇게 단순한 일이 아닌 것 같았다.

　조국이 독립하면 미군정은 떠나간다. 그러나 미국은 조선반도를 계속 단단히 붙들고 있을 것이다. 그리고 저 민족반역자들은 미 권력의 근간에 깊이 달라붙어 있었다.

　미국에게 놈들의 과거 행실은 아무래도 상관없을 것이었다. 자신들의 개로 얼마나 충실히 일할지가 평가 기준이었다. 그리고 저 민족반역자들은 충실함에서 최고점을 받을 놈들이었다.

　윤낙은 딘이 일련의 사태의 배후라 말했다.

　그러나 지금 익렬에게는 딘 역시 잔심부름꾼에 불과해 보였다.

　제9연대가 폭동 진압을 맡았을 때 맨스필드는 UN 이야기를 꺼냈다.

제2차 세계대전 이후 미국과 소련의 점령지역 중 소련의 점령지역 주민들은 평화를 구가했지만, 미점령지에서는 미군의 약탈이 심하고 군정의 폭정으로 각지에서 빈번히 주민반란이 발생했으며 그 좋은 예가 제주도 폭동이라는 성명을 소련이 UN에서 발표했었다. 그리고 곤혹스러운 미국 정부가 딘을 힐문했다고 한다.

소련의 선전을 막기 위해 이 사태를 '공산주의자 선동에 의한 반란'으로 규정하라 명받았다는 말도 했었다.

당시에는 그것을 심각한 문제로 생각하지 않았다.

그런 고도의 정치적 문제는 일개 군인인 자신과 관계없으며 폭동 진압과도 관련 없다고 대답했었다.

직후에 만나 이름을 밝히기 거절한 CIC 요원도 같은 말을 했었다. 그리고 초토작전을 수행하도록 했었다.

그 시점에 미국의 방침은 결정되었던 것이다.

제주도의 실정을 아는 맨스필드는 초토작전에 반대했다. 문제를 더욱 복잡하게 만들 뿐이며 엄청난 수의 제주도민의 피가 흐를 것이기 때문이었다.

그러나 딘은 허용하지 않았다.

당연했다.

딘에게도 선택의 여지가 없었다.

그 방침은 관철되었다.

익렬은 어린 시절 읽었던 그리스 신화를 떠올렸다.

처음에는 영웅들이 활약하는 화려한 이야기에 마음이 설렜지만 머지않아 싫증이 났다.

구름 위에서 신들의 하찮은 놀이나 못된 장난이 지상의 악재와

전쟁을 초래하고 엄청난 수의 민중이 피를 흘리게 되었다. 아이의 눈에도 그것은 너무 불합리하게 느껴졌다.

지금 이 세계에 군림하는 신들은 지구를 무대로 한 장기에 흥겨워하고 있었다.

한쪽의 신들은 제주도의 폭동을 억압에 항거하는 인민들의 숭고한 봉기로 치켜세우며 상대를 압박하고 있었다.

국면을 압도하는 강수(强手)였다.

또 다른 신들은 이에 대항하며 제주도의 폭동을 국제공산주의의 음모에 의한 것으로 규정해 힘으로 뭉개려 하고 있었다.

상대의 강수에 대항하는 묘수로 생각하고 있을지도 모른다.

둘 다 구름 위에서 하는 장기의 한 수에 불과했다.

신들은 그 한 수가 민중에게 어떤 악재를 가져오는지는 고려하지 않는다.

몇 만이라는 수의 제주도민이 죽더라도 신들에게는 보고서 종이에 인쇄된 숫자에 불과한 것이었다.

긴 침묵을 깨고 윤낙이 말했다.

"김 중령님은 앞으로 어떻게 하실 생각이십니까?"

"어떻게라니 곤란하군. 서울로 돌아가 송호성 장군에게 보고한다."

"그 이후에는?"

"글쎄…."

지프는 일주도로를 질주하고 있었다.

한가로운 봄 풍경이 펼쳐져 있었다.

6

모슬포 병영 내 관사로 돌아간 익렬은 아내에게 짐을 싸라고 했다. 아내에게는 서울로 돌아가게 되었다고만 설명했다.

익렬도 짐을 정리해야 했지만 움직일 마음이 들지 않았다.

요 며칠, 불면불휴(不眠不休) 격무의 연속이었다. 긴장이 풀린 지금 손을 올리는 것조차 귀찮았다.

창가에 앉아 시간을 보냈다.

성화는 할머니와 놀고 있다 했다.

밖에서는 해가 완전히 지고 있었다.

병영의 창문에서 불빛이 새어 나오고 있었다.

하지만 평상시와 달리 병영 밖을 산책하는 병사의 모습이 보이지 않았다.

연대장이 전격 해임되고 새로 부임한 연대장이 강경 진압 방침을 발표했다는 소문이 이미 전해졌을 것이다.

병사들의 동요가 심했을 것이 분명했다. 특히 제주도 출신 병사들의 마음을 생각하면 견딜 수 없었다.

발소리에 돌아보니 아내가 싱긋 미소를 지었다.

"순이가 와 있어요."

"순이가?"

"네, 당신을 만나고 싶다고."

"응, 알겠어."

익렬은 영차 소리를 내며 일어섰다.

일어서며 소리를 냈다는 사실을 알아차린 뒤 그런 나이가 아닌데 하며 쓴웃음을 지었다.

순이는 부엌의 원형 의자에 앉아 기다리고 있었다. 익렬이 들어오자 자리에서 일어나 그물망 주머니를 내밀었다.

해녀가 바다에 들어갈 때 입는 소중기를 착용하고 있었다.

소중기는 아직 젖어있었다.

그물망에는 커다란 전복이 들어있었다.

"훌륭한 전복이군."

"지금 막 잡은 거예요."

익렬은 순이의 얼굴을 보았다.

순이는 의미 있는 웃음을 보이며 고개를 끄덕였다.

"해임된 것을 알고 있었어?"

다시 한번 순이가 끄덕였다.

"정보가 빠르네."

익렬이 해임된 것을 듣고 서둘러 바다에 들어간 모양이었다.

전복을 들고 고개를 숙였다.

"고맙게 받을게."

"연대장은 운이 좋아. 이런 전복은 좀처럼 잡을 수 없다고. 오늘 바다에 들어가자마자 바로 발견했어."

"응. 그런데 모두를 배신하는 결과가 되었네. 면목이 없군."

"연대장에게는 잘못이 없어."

"그렇게 말해주면 고맙지만…"

"모두 알고 있어. 연대장은 좋은 사람이야."

순이는 똑바로 익렬을 바라보았다. 순이가 앞으로 걸어갈 고난의 길을 생각하니 가슴이 아팠다.

익렬은 슬쩍 눈을 피하며 말했다.

"이제 이곳엔 오지 않는 게 좋을 거야."

순이가 고개를 갸웃했다.

익렬이 말을 이었다.

"산과 연관된 것만으로도 체포될지도 몰라."

"그런 일은 걱정하지 마. 연대장이 없어지면 여기에 올 용무도 없으니까."

"응."

"어쨌든 그걸 먹으면 힘이 날 거야."

순이가 미소 지었다.

제주도의 모든 꽃이 모여든 것 같은 화려한 미소였다.

빛나고 있었다.

소녀에서 어른으로 성장하려는 생명의 숨결이 넘쳤다.

눈물이 쏟아지기 시작했다.

순이의 모습이 눈물로 일그러졌다.

미국은 이 생명을 억지로 없애려 하고 있다.

그 말이 익렬의 마음을 무겁게 짓누르고 있었다.

종장(終章)

서울로 돌아온 김익렬은 총사령부로 향했다. 보고를 들은 송호성 사령관은 '제주도 사람들이 모두 죽을 것이다'라며 한탄했다. 생애를 독립운동에 바친 노장이 해방되었을 조국에서 낸 비탄의 목소리였다.

박진경 연대장이 초토작전을 실시한 뒤 제9연대 장병들의 탈영이 잇따랐다. 5월 20일에는 하사관 11명, 병사 30명이 자신의 무기에 탄약 5,600발을 들고 경비대 트럭으로 탈주해 산으로 들어가는 사건이 발생했다.

미군정은 제9연대의 숙청을 진행했다. 많은 제주도 출신 장병들을 고문했으며 그중 즉결처분된 인원도 있었다. 이후 제9연대를 해체하고 새롭게 제11연대를 편제해 박진경을 새 연대장으로 임명했다.

박진경이 이끄는 제11연대는 초토작전에서 혁혁한 성과를 냈다. 그 공으로 박진경은 대령으로 진급했다. 이례적 진급이었다.

그리고 6월 16일, 대령 진급 축하연에서 몹시 취한 박진경은 부하 문상길(文相吉) 중위 일행에게 사살되었다.

김익렬은 여수 소재의 제14연대장으로 임명되었지만, 박진경 암살에 관련됐다는 의심을 받아 서울로 소환되었다. 인간만사 새옹지마, 덕분에 김익렬은 1948년 10월에 발생한 여순 사건(麗順事件)에 휘말리지 않게 되었다. 혐의가 깨끗한 김익렬은 8월 초, 온양 소재의 제13연대장으로 임명되었다.

1948년 8월 15일, 대한민국이 성립되었다. 그리고 10월, 대한민국 정부는 군대와 경찰의 대병력을 동원해 본격적인 토벌전을 시작했다. 다음 해 5월까지 계속된 진압작전으로 엄청난 수의 제주도민이 살해됐다. 4·3 사건 전체에서 이 시기의 희생자가 월등히 많았다. 무장대도 거의 괴멸 상태에 빠졌다.

일시적 소강상태였던 제주도 정세도 1950년 6월 발발한 6·25 전쟁으로 일변했다. 6·25 전쟁 발발 직후부터 보도연맹 가입자와 입산자 가족들을 다짜고짜 구속시켜 정식절차 없이 집단 처형했다.

1954년 9월 21일, 한라산의 금족지역(禁足地域)이 전면개방되었고 4·3 사건은 종결되었다. 무장대 최후의 생존자 오원권(吳元權)이 체포된 것은 1957년 4월이었다.

6·25 전쟁의 발발 이후 김익렬은 온양의 제13연대장으로 분전했다. 임진강, 문산 전투에서는 전차를 전면에 세운 대부대를 상대로 소화기만으로 용감히 싸웠다. 그 전투는 지금까지도 회자되고 있다.

이후 제8사단장, 제1관구사령관(第一管區司令官), 국방대학원장 등을 역임하고 1969년 1월, 육군 중장으로 예비역에 편입됐다.

1988년 12월, 영면.

죽음을 앞둔 김익렬은 제주도의 경험을 기록한 『4·3의 진실』을 집필해 가족에게 '이 원고가 가필되지 않은 그대로 세상에 알릴 수 있을 때 역사 앞에 밝히라'라고 유언을 남겼다.

이 『4·3의 진실』은 『제민일보(濟民日報)』에 수록된 기사 「4·3은 말한다」에 게재되었고 단행본 『4·3은 말한다』 2(제민일보 4·3 취재반, 전예원(傳芸苑), 1994, 일본어판 『済州島四·三事件〈第二巻〉, 新幹社, 1995』)에 수록되었다.

제주 4·3평화공원에 있는 각명비에는 13,903명의 이름이 새겨져 있다. 거기에는 여성과 아이, 노인의 이름도 다수 포함되어 있었다.

진상의 규명은 여전히 진행 중이며 실제 희생자는 삼만 명에 이르는 것으로 추정되고 있다.

제주 4·3평화공원에는 무엇도 새겨지지 않은 백비가 있다.

백비는 지금도 정명(正名)이 새겨지는 날을 기다리고 있다.

저자 후기

　1993년, 나는 당시 제주도의 지방신문 『제민일보』에 연재되었던 『4·3은 말한다』를 번역하였다. 아직 4·3 사건이 금기시되던 시대에 『제민일보』 4·3 취재반의 철저한 취재에 기반하여 집필된 이 기획은 큰 주목을 받았고 제1권, 제2권이 동시에 출판된 후에는 〈한국기자상〉을 수상하였다.

　제2권의 말미에 부록으로 「김익렬 장군의 실록유고 「4·3의 진실」」이 수록되었다. 김익렬이 이 유고를 집필한 것은 육군중장으로 예비역으로 편입된 이후로 생각된다. 1988년에 세상을 떠난 김익렬은 가족에게 '이 원고가 가필되지 않은 그대로 세상에 내놓을 수 있게 되었을 때, 이것을 역사 앞에 밝혀라'는 유언을 남겼다고 전해진다.

　사건의 수십 년 뒤에 집필된 원고이며 어긋난 기억으로 사실과 다른 부분도 있겠지만, 김익렬의 인성으로 보았을 때 이 기록에 거짓은 없다고 나는 느꼈다. 또한 4·28 협상에 직접 참여했던 제9연대 정보주임 이윤락 중위(당시)가 1993년 당시 아직 건재하여 『제민일보』 4·3취재진의 취재를 받았는데 그 증언과 「4·3의 진실」의 기술이 일치하는 점 역시 「4·3의 진실」이 사실을 정확히 기록하고 있는 증거라 생각되었다.

이 유고는 제주도 4·3 민중항쟁이 어떠한 역사적 사건이었는지를 여실히 보여주는 귀중한 기록이라고 통감한다.

그리고 '폭도'의 호소를 읽으며 이키케 학살 사건을 노래한 킬라파윤(Quilapayun)의 명곡 『이키케의 산타 마리아』의 한 구절이 머릿속에 울려 퍼진다.

요구는 정당했고, 너무나 약소했다.

이 노래는 마지막에 이렇게 마무리된다.

이 노래를 들은 여러분은
끝난 일이라고 잊지 않도록
추억도 노래도, 아직 끝나지 않습니다

언젠가 4·28 협상에 관한 소설을 쓰자고 그때 나는 결심했다.

일본의 대형 출판사에서 소설을 낼 경우에는 담당 편집자와 필자가 상의하여 기획하고, 그 기획이 통과된 다음 집필을 시작하는 것이 보통이다. 나는 운 나쁘게도 그다지 좋은 편집자를 만난 적이 없었다. 내가 쓰고 싶다고 생각한 기획이 그대로 통과되는 일도 거의 없었다. 그 중에는 노골적으로 역사수정주의적인 발언을 되풀이하는 편집자도 있었고 결국 그런 편집자와 싸워 진보적이라는 평판이 나 있는 그 출판사와의 관계도 끊어져버렸다.

시간이 지나면서 일본 전체 지성의 쇠퇴와 궤를 함께하듯 편집자의 질은 점점 떨어져갔다. 당연한 결과지만 4·28 협상 같은 소설의 기획이 통과될 가능성은 한없이 제로에 가까워졌다.

일본 정부가 일본 국민의 우민화를 본격적으로 추진한 것은 1980년대 나카소네(中曾根) 내각 시절이었다.

나카소네 내각은 우선 당시 정적(政敵)이었던 제1야당인 사회당의 기반인 노조를 노골적으로 탄압했다. 노조 탄압에는 비합법적인 수단도 광범위하게 사용되었다. 더욱이 매스컴을 최대한 활용해 '노조=좌익=악'이라는 이미지를 퍼트렸다. 그와 동시에 진지하게 생각하는 것을 멋없다고 깔보고 지성과 교양을 촌스럽게 여기는 풍조를 만연하게 했다.

일본 국민의 우민화를 완성시킨 것은 아베(安倍) 내각이었다.

현 제1야당인 입헌민주당은 어용노동조합을 기반으로 하고 있으며 과거 자민당 좌파 및 자민당의 보완 세력이었던 민사당의 흐름을 이어받은 정당이다. 즉, 1980년대였다면 우파로 분류되는 정치세력인 것이다. 일본 정치의 중심점은 좌익과 우익 사이에 있는 것이 아닌, 우익과 극우 사이에 있는 것이 지금 일본의 현실인 것이다.

1980년대에 제1야당으로 세력을 과시하던 사회당은 전투적 노조의 궤멸과 함께 쇠락하여 지금은 사민당으로 개명해 중의원의원 2명, 참의원의원 1명의 미니정당이 되어버렸다.

서점에는 유언비어를 모은 대량의 조잡한 '혐한책'이 즐비하며 일제히 베스트셀러가 되고 있다.

예전에는 사회와 역사에 정면으로 격투(格鬪)한 작가도 있었고 존경할만한 사상가도 있었지만 매스컴의 표면에서 그런 사람들이 자취를 감춘 지 오래다. 현재 오피니언 리더의 얼굴을 하고 매스컴의 총아(寵児)인 사람들의 지성이 열악해진 모습은 눈뜨고 보지 못할 지경이다.

2018년, 나는 『소설 청일전쟁 - 갑오년의 봉기(小説日清戦争――甲午の年の蜂起)』라는 소설을 집필했다. 이 소설은 내가 10대 후반, 소설을 쓰고자 처음 생각했을 때 쓰고자 했던 작품으로 구상만 40년이 넘는 대작이다. 이런 소설이 대형 출판사의 기획을 통과할 가능성은 없었고 나는 출판할 곳 없이 쓰기 시작하여 완성된 다음 진보적인 서적을 내고 있는 작은 출판사로 가져가 책으로 만들었다.

이 책을 낸 직후, 나는 필생의 업적을 완성했다 생각했고 불태웠다 같은 말을 하며 농담 반 진담 반으로 호언장담했지만 얼마 못 가 엉덩이 부근이 근질거렸고 공연히 무언가 다시 쓰고 싶어지고 말았다. 그렇게 해서 탄생한 것이 이 『배반당한 협상』이다.

일본에서의 출판은 불가능하다 생각했지만 이번 기회에 한국어판이 나올 수 있게 되었다. 이렇게 기쁠 수 없다.

내용에 관해서는 작품이 충분히 말해주고 있다고 생각하기 때문에 필자가 사족을 덧붙이는 것은 삼가고자 한다.

마지막으로 한국에서의 출판을 위해 애써주신 동국대학교 일본학연구소 소장 김환기 교수님, 번역을 흔쾌히 해주신 이영호 선생님과 출판을 승낙해주신 보고사에게 진심으로 감사의 마음을 전합니다.

2021년 9월
도쿄에서

저자 김중명(金重明)

1956년 도쿄(東京) 출생. 도쿄대학 중퇴.
1997년 제8회 아사히신인문학상 수상(『산학무예장(算学武芸帳)』)
2005년 제30회 역사문학상 수상(『항몽의 오름(抗蒙の丘)』)
2014년 일본수학회출판상 수상(『열세 살 딸에게 가르치는 갈루아 이론(13歳の娘に語るガロアの数学)』)

저서로는
『환상의 대국수(幻の大国手)』(신칸샤新幹社, 1990; 한국어판, 한길사, 1993), 『산학무예장(算学武芸帳)』(아사히신문사朝日新聞社, 1997), 『장보고의 백성(皐(みぎわ)の民)』(고단샤講談社, 2000), 『항몽의 오름(抗蒙の丘)』(신진부쓰오라이샤新人物往来社, 2006), 『반과 의와(叛と義と)』(신진부쓰오라이샤新人物往来社, 2008), 『악당의 전쟁(悪党の戦)』(고단샤講談社, 2009), 『이야기 조선왕조의 멸망(物語 朝鮮王朝の滅亡)』(이와나미신쇼岩波新書, 2013), 『소설 청일전쟁-갑오년의 봉기(小説日清戦争-甲午の年の蜂起)』(가게쇼보影書房, 2018), 『열세 살 딸에게 가르치는 갈루아 이론(13歳の娘に語るガロアの数学)』(이와나미쇼텐岩波書店, 2011; 한국어판, 승산, 2013), 『천재 수학자 가우스가 들려주는 수학(13歳の娘に語るガウスの黄金定理)』(이와나미쇼텐岩波書店, 2013; 한국어판, Gbrain, 2014), 『방정식의 갈루아군(方程式のガロア群)』(고단샤 블루백스講談社ブルーバックス, 2018) 등 다수.

역자 이영호(李榮鎬)

고려대학교 중일어문학과 박사 졸업. 일본근현대문학·문화 전공. 현재 동국대학교 일본학연구소 전문연구원으로 재직중이며 재일조선인 문학·문화, 디아스포라를 연구하고 있다.

동국대학교 일본학연구소 번역총서

배반당한 협상

2021년 11월 4일 초판 1쇄 펴냄

지은이 김중명
옮긴이 이영호
펴낸이 김흥국
펴낸곳 도서출판 보고사

책임편집 이순민
표지디자인 오동준

등록 1990년 12월 13일 제6-0429호
주소 경기도 파주시 회동길 337-15
전화 031-955-9797(대표)
    02-922-5120~1(편집), 02-922-2246(영업)
팩스 02-922-6990
메일 kanapub3@naver.com / bogosabooks@naver.com
http://www.bogosabooks.co.kr

ISBN 979-11-6587-240-3   93830

ⓒ 이영호, 2021

정가 18,000원

〈이 저서는 2020년 대한민국 교육부와 한국연구재단의 지원을 받아 수행된 연구임
(NRF-2020S1A5B8104182)〉